此书献给
我的故乡和亲人

我的曾祖母王氏

我的祖母汪如意

我的祖父夏佐祯

父亲母亲和我

我的父亲夏仁宝

我的母亲李平

我和妻子项艺林

我的女儿夏千栗

我和女儿

我和妻子女儿及外甥女徐子晴

在"万岁军"彭德怀平江起义团当兵锻炼

参加第三届中国军校大学生演讲大赛

演习之前的誓师大会

大山深处的连队

考察部队新营区

为预任军官授衔

考核直属部队党委班子

家在东北

弯弓射雕

策马天山

越野一族

与南京证券董事长步国旬先生

与著名书法家朱敏及单位同事

与王羲之五十五世孙王彦宏

与蒋昌建老师

我的第一张照片

陪母亲游黄山

军校毕业合影·永远的三队

天已不惑

夏若天 著

东南大学出版社
·南京·

图书在版编目(CIP)数据

天已不惑 /夏若天著. — 南京:东南大学出版社,2018.11

ISBN 978-7-5641-8132-1

Ⅰ.①天… Ⅱ.①夏… Ⅲ.①报告文学—中国—当代 Ⅳ.①I25

中国版本图书馆 CIP 数据核字(2018)第 266732 号

天已不惑

著　　者	夏若天
出版发行	东南大学出版社
地　　址	南京市四牌楼 2 号(邮编: 210096)
出 版 人	江建中
责任编辑	唐　允　徐　潇
印　　刷	江苏凤凰数码印务有限公司
开　　本	700mm×1000mm　1/16
印　　张	15
彩　　插	8 面
字　　数	190 千
版　　次	2018 年 11 月第 1 版
印　　次	2018 年 11 月第 1 次印刷
书　　号	ISBN 978-7-5641-8132-1
定　　价	52.00 元

本社图书若有印装质量问题,请直接与营销部联系。电话(传真):025-83791830

序　言

黄培义少将

我是本书的第一位读者，深感夏若天同志是中华民族的优秀儿子，他热爱祖国、热爱共产党，用他自己的话说他有三个母亲：生己之母、祖国和党。他 1978 年出生，是我国改革开放的同龄人，在三位母亲的培育下，他成为中华民族新时期的优秀人才。这不是偶然的，若天祖籍山东，父亲是义商，母亲是教师，继承了祖辈“宽厚仁爱、以诚为本”的家训，仁义豁达，享誉乡里。他们是儿子的第一老师。父母的言传身教和熏陶使夏若天根正苗壮。

若天很幸运，中小学的老师如同辛勤的园丁。用他自己的话说：“那时的老师真是可敬、可爱。”学校注重德育，在开中队会时，班主任喊：“准备着，为共产主义事业而奋斗！”全体同学齐声响亮喊：“时刻准备着！”学生时代的他对毛泽东的崇拜始终如一。若天很聪明，刻苦治学，成绩优异，为他事业有成奠定了良好的基础。

若天从儿时起就热爱解放军，1998 年他梦想成真，以优异成绩考入装甲兵指挥学院，在这个“大熔炉”里，他在正规严格的教学训练中茁壮成长，两年后加入中国共产党，成为崭露头角的杰出人才。

我认识夏若天是在南京陆军指挥学院。他 2002 年调到我院任军事理论教研室教员时，我已在这个学院工作 26 年，并于 1992 年享受国务院特殊津贴。学院让我担任院第一任教学督导组组长，负责督察指导全院教员的授课。我第一次听若天上关于“阿富汗战争研究”的课，看他两只大眼睛闪亮，精力旺盛、活力四射，一看就知道是人才。他从经济、政治、军事、地理、人文等方面解读阿富汗战争，鞭辟入里，言简意赅，且语言生动有趣，赢得了学员热烈的掌声。我眼睛一亮，心中极为欣慰，因为在一般年轻教员中很少能像若天那样驾驭课堂。

好男儿志在四方，军人要有多种经历。若天后来调到福建军事斗争准备第一线的部队工作，之后又调到原南京军区司令部直工部军务装备处任参谋。他继承了我军心系基层、为基层服务的优良传统，下连蹲点当兵，与基层官兵同吃同住、同训同乐，一起摸爬滚打。在安全工作中，提出了“我的安全我负责、他人安全我有责、单位安全我尽责、出了问题严查责”的“四责标准”，得到上级首长高度认可。参加过抗洪抢险、上海世博会安保、总部级演习等大项任务，履历丰富，成绩显著。之后他调任军区预备役军官训练团政治处主任，工作有声有色，多有建树。

党的十八大以后，我军划时代的改革拉开了大幕，大刀阔斧、大开大合，破除结构性障碍，确立了军委管总、战区主战、军种主建的新格局，沿袭 60 多年的总部体制、大军区体制、大陆军体制退出历史舞台，陆军大压缩，官兵比例失调、头重脚轻尾巴长的不良局面大大改善，我军迈开了向精干化、小型化、一体化、模块化、多能化发展的坚实步伐。若天坚决拥护军队改革，顾全大局，转业到地方工作。

本书再现了若天从小学到工作几十年发表的作品，主要特色有如下几个方面：一是充满对祖国、对党、对军队的热爱。二是崇高理想与实际密切结合，很务实。三是跟踪前沿有新意。四是文笔流畅，可读性强，读后令人耳目一新，深感若天是才子，后生可畏。

2018年7月1日于南京

目　录

第二篇章　戎马关山

第三篇章　大马金刀

天已不惑

今年是 2018 年，中国改革开放 40 周年，我也恰好 40 周岁，已进入不惑之年。人到中年，对生活、对人生的感悟自然更加深刻一些，于是很想将过去的一些文字进行梳理，以铭记那些流金岁月，抒写一下自己的家国情怀。首先我要以虔诚之心表达对三位“母亲”的感谢：一位是生育我的母亲，她赐予了我生命，将我带到了这个充满故事的大千世界；一位是祖国母亲，她给我烙下了不可磨灭的民族印记，让我有了一个名字，叫龙的传人；另一位是党啊母亲，赋予了我政治生命，让我懂得了人在社会中的价值和意义。

一、童年

我出生在辽宁省大连市新金县太平乡柳家村，父亲夏仁宝，母亲李平，父母的祖籍都是山东，从血统上说我应该是一个山东人。我的家乡名不见经传，直到 90 年代有人从地里发现了千年之前的莲子，经培育居然开出了花。此事上了中央电视台的《新闻联播》，于是新金县有了一个雅号——“古莲之乡”，再后来新金县改名普兰店市，别称“莲城”。我出生于 1978 年 10 月 5 日，与改革开放是同龄人，也是中国第一批独生子女。据父母讲我出生的那天晚上，同一医院出生的都是女孩，只有我一个男孩，我刚出生时的体重是七斤八两，自带年份，父母格外高兴。第二天早上，父亲借了一辆车准备带母亲和我回家。借的车比较大，被在医院办事的部队同志又借去拉东西，于是部队的同志用一辆崭新的军车把我们送回了家。这是我第一次坐车，居然是部队的车，也可能是我跟军队的缘分吧。童年时代是无忧无虑的，蓝天、白云、清澈的河水，夏天夜空璀璨的群星和冬季漫天洁白的飞雪，都是我儿时难忘的记忆。儿时特别喜欢画画，一个人拿着笔在一堆纸上能画上一天，也不吵闹，也不跑动。家长为了让我从小见世面、开眼界，在我四五岁时两次把我送到北京伯父家住。第一次坐火车出门特别兴奋，站在座位上不停地哼着刚学会的国歌的调子，我身边坐着一个穿绿色军装的叔叔，当时也不懂，不知道他是干部还是战士。他很有兴致地跟我聊天，我问他叫什么名字，他说他姓“解”，叫“解放军”，我说不对，你姓“土”，叫“土八路”，引得周围的乘客哈哈大笑。下车的时候，他送给了我一个红五星，我也有模有样地给他敬了一个军礼。

二、家教

我的祖辈是商人，祖父夏佐祯当年在老家是一个有名气的掌柜，他的名气不是因为挣钱多，而是因为他是一名儒商。爷爷自幼饱读诗书，平时书不离手，一手好文章，一手好书法，十六岁从商，是辽南第一批用火车从江南往东北运送大米的。爷爷做生意有个原则，就是绝不挣昧良心的钱，而且他的粮店经常接济吃不上饭的穷人，十里八乡口碑甚佳。父亲继承了爷爷经商的基因，成为改革开放之后我们家乡第一批下海经商的商人，

1984 年和朋友在大连经济技术开发区共同创办了蔚祥外贸公司。父亲为人谦虚慈祥，极富幽默感，人缘特别好，他为人处世追求的是一种和谐；母亲是一名教师，做事严谨认真，耿直率真，从不说假话，从不做对不起别人的事，她的为人处世讲究的是“不欠”。在这种慈父严母的家教环境中，我耳濡目染感悟着生活的道理，加之祖父留下的“宽厚仁爱，以诚为本”的家训，我从小接受的便是比较传统的儒家风格的教育。就比如吃饭，家里吃饭从来是父母先动筷，好吃的先紧父母吃，我主要负责收尾。父母出门我要送到门口，目送他们走远我才回屋。由于父母管教比较严格，我小时候每天的作息都有严格的时间规定，每年我最期盼的是寒暑假到姥姥家去，那是可以彻底放松、无拘无束玩耍的时光。姥姥家在一个叫安波的小镇，属于山区，却因为温泉而远近闻名。姥姥家的山泉水也特别清甜，生水可直接饮用，用来洗脸、洗头会感到非常爽滑，这与所含的矿物质有关。每次到姥姥家，我都感到自己是大山的孩子，在大山深处奔跑，登上最高的山峰看群峦叠嶂，那种心情是舒展的，是宽阔的，是宁静的。至今，儿时家乡的山、家乡的水、家乡的乡音仍然是我魂牵梦绕的眷恋。

三、求学

从我家门口向东五六十米是个三岔路口，路口向东三公里是我读书的小学，向南五公里是我读书的初中，向北七公里是我读书的高中，这个路口就成了我求学之路的起点。我小学就读于普兰店市太平中心小学，小学是轻松无忧的，那时候甚至幻想过，人如果不需要长大该多好。在学校我很喜欢开中队会，特别是其中一个程序是呼号。全班人员右手握拳，班主任喊：“准备着，为共产主义事业而奋斗！”全体同学齐声响亮地回答：“时刻准备着！”那种仪式感非常崇高。小学升初中，我来到了普兰店市第五中学。入学摸底考试我考了全校第一名，一下子成了老师们的关注对象，各科老师都有意培养我，这对我来说既是一种期望，也是一种鞭策。为了搞好学习，我放弃了很多课余的娱乐，读书、做题每天都安排满满，走路都在背单词。功夫还是不负有心人的，初中期间我的成绩一直名列前茅，经常是全校第一名，我一直是老师们的骄傲。初二时我参加全国希望杯数学邀请赛获得了三等奖。现在回想起来，那时候的老师真是可爱、可敬，他们愿意把心血全放在学生身上，不求任何回报，只希望自己能教出一个好学生，感到脸上有光。初中升高中，我以优异的成绩考上了省重点高中普兰店市第二中学的一类班，这是我们母校的一次教学尝试，把全市考试最拔尖的学生集中到一起，作为未来重点大学的突击班。对于没有上过地方大学的我来说，高中时代就如同别人的大学时代一样装满了青春的记忆。高一开始我就喜欢上了文学和古典音乐，俨然一个艺术青年。我和其他六个同学一块办起了一个编辑部，创立了我们学校第一份校报《太阳风》，我撰写的《青春万岁》《我爱的中国》等文章在校内引起很大反响。那时候晚自习还会不时地停电，大家点起蜡烛做作业，六七十盏烛光把莘莘学子的脸庞映得粉红，笔尖在纸面上的唰唰声也感觉像温暖的音符。高二文理科分班时，我经过激烈的思想斗争选择了文科班，这等于放弃了我初中以来当个科学家的夙愿，之前我是非常认真地想当一名科学工作者，探求未知的真理，而对文学和历史的兴趣使我完全改变了自己的人生方向。文科班与理科班的风格差异就犹如北大之于清华，我们班的同学思维格外活跃，全班曾联名“上书”，请求学校“弹劾”我们认为非常不称职的一名老师，这件在学校历史上破天荒的“事件”让我们班在全校出了名。文科班的生活是在正课之外各种读物中度过的，从文学名著到人物传记、从历史文献到宗教书籍、从研究霍金的《时间简史》到手抄马克思的辩证唯物主义，当然，最深刻的影响应该是通过读书学习在这一时期形成了对毛泽东的崇拜并始终如一。高考之前，《红十字方队》在全国热播，那种对国防绿的向往让我决定报考军校。

四、军校

我的母校是装甲兵指挥学院，为当时全军装甲兵最高学府，第一任院长是大将许光达。我考上军校父亲特别高兴，他喜欢看我穿军装的样子，父亲经常教育我“男子汉志在四方，大丈夫报效国家”。父亲从老家亲自把我送到石家庄，送到了学校，并深情地嘱咐我：“爸爸把你扶上战马，以后的路要靠自己好好走！”军队生活对我来说充满了新奇，在这里我遇到了对我性格塑造非常重要的一个人——我们的学员队长宋九江。他是一个标准的军人，威风、果敢、睿智、充满阳刚之气。他告诉我们“军队就是培养真正男人的地方”“当在学校学习的东西都忘了的时候，你们身上还剩下的东西叫素质”。4 年时间，我们全队 100 名战友就在队长的带领下一起摔打成长，磨砺素质。同批学员中，我第一批当班长、第一批当区队长、第一个当模拟连长，每天我们都是冲锋的状态，每天我们都不停地默念：荣誉、坚持、成功！我们学院有着光荣的传统和优秀的教员队伍，教我们队的队列教官是尼克松访华时三军仪仗队的领队，我们的战术教官是对越自卫反击战的模范连长，我们的射击教官是抗美援朝“万岁军”的枪王，从这些优秀的军人身上，我们学到了很多，也感悟到了很多。2000 年 5 月 4 日，我生命中极其重要的一天，我光荣地加入了中国共产党，同批战友中第一批入党的只有三个人，我是其中之一。当时我非常激动，一种神圣的感觉涌动全身。读军校 4 年中，我们两次到部队当兵锻炼，都是在第 38 集团军，其中一次在彭德怀元帅带出的平江起义团，这是王牌中的王牌。在那里我们深刻体验并学习了这支雄师劲旅的作风和精神，披星戴月的日与夜，栉风沐雨的苦与累都已远去，而实习结束时团长送给我们的一句话却记忆犹新：“以后无论走到哪里，你们都可以骄傲地说，我是平江起义团的兵。”读书期间我发挥自身特长积极参加学院内外举办的多项活动，多次参加学院的演讲比赛并获得一等奖，担任大项活动和晚会的主持人。2001 年总参谋部首长到学院视察，我作为优秀学员的代表得到了首长的接见。2002 年 4 月，我代表学院赴上海参加第三届全国军校大学生电视演讲大赛并获优秀奖。这是我第一次到上海，也是第一次到祖国的南方，充满了新奇和喜悦。特别是见到了仰慕已久的四大演讲家之一的彭清一老师、新中国第一代女播音员杰出代表葛兰老师、国际大专辩论会最佳辩手蒋昌建老师，非常受教。读书期间我的母校经历了一次院校改革，从副军级院校降至正师级，更名为“石家庄陆军指挥学院元氏分院”，陈勇少将成了我们分院第一任院长。这么优秀的学校被降级，全院师生心里很不是滋味。在这个大背景下，我将自己对学院定位、发展方向、学员培训途径等不是很成熟的思考形成了一个建议书，送到了院长办公室。院长看了之后竟然在全院干部大会上读了我的信，并号召全院都要做单位建设发展的主人翁。这封信后来确实改变了我的人生轨迹，2002 年我军校毕业的时候，刚刚提升为南京陆军指挥学院院长的陈勇少将点名把我分配到南京陆指。

五、从教

南京陆军指挥学院被誉为哺将育英之城，历史悠久，桃李芬芳，蜚声海内外。张万年、迟浩田、傅全有等高级将领都曾在此学习深造，学院的外训系培养的外国学员中走出了五个总统、一个副总统、八个国防部长。2002 年 7 月 1 日，我第一次来到了六朝古都南京，虎踞龙蟠今胜昔，繁华如梦洗沧桑。学院在长江北岸浦口花旗营，这个曾国藩当年建立的江北大营驻地成了我的第一个工作单位。我被分配到军事理论教研室工作，读书、备课、写文章、与同事畅谈天下大事成了生活的全部内容。正当我在新岗位上努力打拼的时候，家中遇到重大变故，我挚爱的父亲突发疾病去世。此事对我打击很大，但我努力从悲痛中走出来，把精力投入到工作中，用工作成绩告慰父亲在天之灵。毕业之后三个多月，我就正式走上了讲台；工作第一年，我讲授的新课“阿富汗战争研究”被教学督导组在全院督导评比中评为第一名，并作为示范课在全院做授课演示。任教三年，共承担学院内干部培训班、研究生班十余个课题，在全院学员给教员授课效果测评打分中名列前茅，2004 年获学院教学一等奖，2005 年被学院评为优秀教员；2004 年获军队科技进步三等奖；参与编写的总参重点电视教材获全军优秀电视教材三等奖；编写了 4 部著作，主笔了全军军队研究生入学考试用书军事高技术部分全部内容；参与了 2005 年新版《军事百科》条目撰写；发表了各类学术文章 8 篇；累计为南京大学、东南大学、江南大学等高校 3 万余名新生进行了军事理论课教育，受到校方和学生们的普遍赞誉，2005 年被江苏省军区评为地方高校优秀军训教员，并为全省高校军训教员上了示范课。有一次坐地铁，突然旁边的一个女孩子惊喜地喊道：“您是夏老师吧！您给我们上过课，我是南京大学理科强化班的，我们班同学可都喜欢听您的课呢！”虽然我认不出旁边这个学生，但是那一刻让我真真切切感受到作为一个教育者的光荣。教书育人是一件触及灵魂的工作，如果真想触及别人的灵魂，必须自己先能教育自己。三年多的从教生涯是我一生宝贵的财富，不仅仅是经历上的丰富、知识上的储备、思想上的升华，更因为在工作岗位上我结识了、接触了很多有着高尚人格、丰富学识的专家、导师，他们是这支军队中默默的耕耘者，他们用知识和汗水建造了一个坚实的平台，托举起中国陆军明天的希望！他们用自己的躬身实践告诉了我们什么叫军人的奉献与忠诚。

六、大山

2005 年 12 月，我从院校调到福建军事斗争准备的第一线工作，走进了八闽大地茫茫的深山之中。从一个正军职单位调到一个正团职单位，从大城市来到离最近的村镇都要 10 公里的山区，很多人不理解。我当时想，安逸的环境练不出精悍的水手，年轻人还是要到艰苦的环境摔打锻炼，大城市的生活以后随时有机会，趁年轻还是要做一些值得以后回忆的事情。我的新单位是最新组建的部队，我报到的时候，单位基层连队连营房都没建好，官兵们在依山的平地上搭起帐篷住宿，没有自来水，喝的水是山上流下的泉水，下雨时就会混着泥沙，早上起床鞋子里居然会钻出一条蛇。因为单位刚组建，供应保障渠道还没完全建立，新上任的政委毛维敏从工资卡里拿出了10万元垫付了前期的伙食费。艰苦创业是一种激情，扎根大山是一种奉献，后来到我们单位检查和执行任务的上级机关人员经常说：在你们单位服役，即使天天什么事都不做，也是一种贡献。我们几百名官兵以“守大山就是守江山，守洞口就是守国门”的豪情，在最短的时间内完成了单位的组建并迅速形成遂行保障能力。单位组建第二年我们就保障了总部的大项演习活动。由于带兵带得好，完成任务出色，我连续两年荣立三等功。演习活动中，我有幸遇到了军旅生涯中对我帮带最多的伯乐，当时南京军区的机关处长，后来南京军区历史上唯一的一位直属工作部部长兼管理局局长余自增。余处长把我选中并调到南京军区司令部机关工作。

七、战区

南京军区镇守国之东南，是主要战略方向，历史辉煌，现实地位重要。到军区机关工作，对我是一个全方位的锻炼，无论是精神、意志、作风、素养、工作能力，在这里都得到了提升。我在司令部直属工作部军务装备处任参谋，主抓部队管理工作。几年来，我登高山、上海岛、涉荒滩、走哨卡，足迹走遍浙山闽水、徐淮大地。多少次挑灯夜战，多少次通宵达旦，我尽心尽力完成好上级首长交代的每一项任务，不负组织的栽培和信任。2009年我主笔的军区司令部《安全条例》宣讲提纲中提出了“我的安全我负责、他人安全我有责、单位安全我尽责、出了问题严查责”的“四责标准”，得到司令部首长高度认可，并作为军区抓安全工作的重要指导原则在全军区推广。到军区机关工作后参与的第一项重大活动是2010年上海世博安保工作。2010年5月至11月,我被抽调到世博会军地联合指挥部安全管理组工作了半年多时间。我能够把此项任务当作一项严肃而又崇高的政治任务。执行任务期间,我放弃了所有的双休日和节假日,半年多始终工作在安保一线。我参与制定了5套突发情况应急处置预案,具体筹划并牵头组织了驻沪直属部队营门应急处突现场观摩会。参加对驻沪部队安全管理检查及抽查150余次,对世博会场馆内部及周边安全巡查30余次,发现并消除各类安全隐患130余处。2011年7月到8月,我作为军区指导组成员参加了军区郭兴福教学法创立50周年纪念活动筹划、准备和活动全过程,得到了军区首长的点名表扬,被军区表彰为优秀参谋。2013年1月至2014年1月,我到73670部队代职副团长,负责全团行政管理和后勤工作。我在全团首次推开量化评分管理制度和机关工作讲评制度,单位正规化建设水平显著提升。一年来我全身心地融入班子,融入部队,融入基层,深刻地感到,你和官兵走得多近,官兵对你的感情就会有多深。两次下连队蹲点当兵30天,与每名干部、战士真心地交朋友,同吃同睡、同训同乐、同甘同苦。二连一名战士被检查出患淋巴癌,我自己买上营养品立即赶去看望,中秋节还给他的家人寄去了慰问金。团队一连到五连之间的道路年久失修,我利用在军区机关的便利条件,协调军交运输部划拨180万元经费来修缮这条战备道路。今天,从蒋王庙到紫金山北麓的那条道路已是非常宽敞平坦,也算是我作为南京市民为南京的母亲山做的一点贡献。代职结束离开团部,我到每个连队与官兵告别,好几个连队全体集合送行,我与战士们握别时,很多战士流下了热泪。2015年6月,南京江宁区云台山河胜利圩出现决堤,我参加了军区司令部抗洪抢险应急领导小组,负责联络调度司令部驻宁直属部队相关单位派出部队参加抗洪抢险。驻宁直属部队出动1 500名官兵,冒着大雨连续奋战30多个小时,终于将决口成功封堵。时任江苏省委书记罗志军来到抗洪抢险现场，专程看望慰问了我们现场的指战员。

八、改革

雄关漫道真如铁，而今迈步从头越。2012年11月8日，党的十八大召开，大江南北遍发新绿，神州大地又沐春风。十八大召开后，我的家庭生活添了两件大喜事。2013年1月28日，我收获了爱情的果实，与爱人项艺林携手走进婚姻的殿堂。我妻子为人真诚、善良、乐观、大方，有着东方女孩的勤劳能干，又有西方女孩那种洒脱率真，她身上的闪光点深深地吸引着我，她的宽容大度也包容了我身上的不少缺点。我真诚地感谢她，感谢她带给我幸福的家庭。2015年11月2日，我和爱人爱情的结晶，我们的女儿来到了我们身边。我们给她取名夏千粟，是要告诉她，每个人都是大千世界的沧海一粟，要用一颗谦虚之心、感恩之心来对待生活，还要告诉她，书中自有千钟粟，要爱学习，多读书。十八大之后，我们的军队改革也拉开了大幕，这是一次浴火重生，我军经历此次改革之后必将以世界一流军队的形象屹立于东方。2015年7月，我从军区机关调任军区预备役军官训练团政治处主任。一年多来，我们围绕着“改革强军”和“两学一做”两个大课题深入抓好单位思想政治建设，自主开展了三个系列教育活动。邀请92岁的抗战老战士齐金炳老首长来团讲述抗战亲身经历；感受红军生活，吃红米饭南瓜汤忆苦思甜；开展背诵入党誓词和重读“老三篇”专题学习；丰富组织生活的形式和内容，在全体党员中开展“微党课”活动；筹划并开设了团政治工作网站；与南京大金山国防基地协作建立军官训练团爱国主义教育场区——通过系列活动的熏陶和经常性教育的开展，官兵理想信念进一步坚定、党性修养进一步提高、战斗精神进一步增强、思想认识进一步端正，对党中央和习主席更加热爱、更加坚信、更加追随；对党员究竟该是什么样子，该如何真正发挥好先锋模范作用有了更清醒的认识；对军队改革更加拥护、更加服从、更加支持。

在中国改革开放40周年的前夕，我顺应部队改革需要，转业到地方工作。在南京证券股份有限公司党委领导的关心下，我转型成为一名国有企业党政机关的中层领导干部。走进新时代，实现新跨越，当好党在经济领域的执政者成为我人生的新课题。

一天早晨，我站在紫金山的主峰，看着那一轮红日从东方喷薄而出，这是一个充满希望的时代，让我们登高望远，笑迎大时代的到来！

第一篇章 龙马精神

《吕氏春秋》中就有“马之美者，青龙之匹”的说法。《说文解字》上说：“马八尺以为龙。”1978年，农历戊午年（马年），此年出生的人兼具龙马精神。此篇章选摘了笔者小学、中学、大学至工作后各个时期的作品，是每段心路历程的记载，展现了其积极向上、丰富多彩的精神世界。

我爱的中国

您是我的眷恋，我爱的中国；您是我的生命，我爱的中国；您是我的一切，我爱的中国！

当女娲用一把黄土造出第一群黄皮肤的人，这片神圣的土地便有了新的生机。从此，一代代勤劳的人们在这片土地上繁衍、生息，直到炎帝与黄帝将分散的部落统一，这些人有了永远值得骄傲的名字——炎黄子孙。

再后来，夏禹建立了国家，禹的后代认为我们的国家是天之中心，地之中心，所以，她的名字应该叫中国。漫漫的历史风雨中，中国人以其特有的泱泱气节，气定神闲，昂首阔步，走过千年。

国有神韵国有魂。自从我诞生在这一片黄色的热土上，我的生命便被这片国土所哺育，我便与这方热土魂牵梦绕。我爱这片国土，就如同鲜花热爱大地一样。大地给了鲜花扎根的地方，鲜花便将最美的色彩奉献给大地。这片神圣的国土生我养我，我也唯有将生命的光彩奉献于这片国土，这才不枉皇天后土赐予我的生命。

祖国，这淡淡的笔墨又怎能将我对您的爱尽书呢？即使大地为纸，江河为墨，也写不完我对您的深爱与依恋。您曾有光照万世的过去，我为您的辉煌而骄傲，每一个炎黄子孙都在那金灿灿的光辉中分得一份荣耀，古老的文化在我们血液中流淌，这就是民族生生不息的力量。从万里长城第一块基石的奠定，到大唐盛世的万里升平，华夏文明之光，划破古老而沉寂的历史夜空。当西方人的祖先还生活在树上的时候，我们的祖先已经唱着《诗经》走来了。黄河之畔，黄土地上生息着黄色皮肤的人，这是怎样的一种和谐。源远流长的炎黄谱系中，我们前瞻古人，后视来者，有根的民族，必是生生不息的民族。炎黄子孙在自豪中拜祭着自己的祖先，就在额头与土地触及的一刹那，便会砰然一响，在骨骼深处，升腾起血脉相连的磅礴。

龙的传人在黄土地上年年岁岁忠诚地开拓，忠诚地耕耘，忠诚地收获。文明的火种便从这里燃起，并从这里传向了世界。一条悠长的丝绸之路，连起了两种文明统治的世界，优秀的中国人，将他们的智慧和财富无私地共享于西方人，这是何等的大度。不是一个伟大的民族，又怎么会有如此大度的胸怀！荣耀啊，四大发明，这是一个时代来临的标志。中国人为人类贡献的，难道仅仅是这些发明吗？不是，中国人为世界开启了一个时代，一个真正走向文明的时代。

有一天，我翻起一页史书，书上的每一个字都是沉重的血泪。我读着这些字句，每读一个字都要伴着一滴泪水，已沉睡在炮声后的那段历史又浮现在我眼前。历史的前行，就如波涛一般，有浪峰也有浪谷，中华民族就是一个由浪峰跌入浪谷的民族。然而，中华民族又是一个不屈的民族，列强的炮火，侵略者的屠刀，洋人的狂笑，都随着一页史书的翻过而烟消云散。崭新的党，崭新的国家正在古老的大地上创造着前所未有的奇迹。看吧！北国的风正吹散历史的烟云，西部冰川下奔流着火的热情，南国的海上正翻腾着时代的巨浪，东方地平线上即将升起古老民族新的太阳！

啊！中国，我爱的祖国！您的每一寸土地都饱含着岁月的沧桑，您的每点欢颜都是大地春风的回荡，您的每一段历史都是龙的部落不朽的传唱！祖国啊，我最亲爱的母亲！每一个称职的儿子要尽好孝道，为母亲争光，让家业兴旺。一人之力虽忽微，但全天下的华夏儿女人人都捧出一颗赤子之心，则世上无事不可成，虽有万难而不可挡！抬眼望，民族复兴的中国梦正在升腾。中国梦，升腾吧！升起在泰山之巅，升起在黄河之源，升起在万里长城的起点。中国梦，升腾吧！升起秦时的明月，升起大唐的太阳，升腾起一个古老民族全新的希望。中国梦，升腾吧！明天的中国必将光照寰宇，未来的世界必将重振龙的荣光！

祖国礼赞

在我内心深处总有一声声的召唤，在我安静之际，时时响起。那是一种无形的牵引，把我的心引到很高很远的地方。那儿有连绵的群山，那儿有奔流的潮水，那儿有流云，那儿有飞泉，那儿有雄鹰的高歌，那儿有蟋蟀的清唱……如果可能，我愿化作一只杜鹃，飞遍祖国的千山万水，尽览祖国的大好山河。

南国的雨，从来如丝般轻柔，润在土地上。泥土中透着清新的芬芳，伴着山腰上飘下的茶花的香，将一切景物都浸在一片温馨之中。“烟柳”一词不知是古人怎样推敲出来的，细雨如缕，细柳如绦，雨也朦胧，柳也飘摇，微风过处，雨啊柳啊都如烟般轻绕。此时，只需抬眼望去，你便会感叹“烟柳”一词的精妙。

一块巨礁上碑刻着“南天一柱”。海风一阵阵地将浪推到礁石上，激起雪堆般的浪花。身后是一片热带风光，眼前是一片沧海茫茫。岁月流逝，不曾抹去历史的痕迹，巨礁上四个红色的汉字，昭然表明很久以前汉文明便在这里刻下了不可更改的烙印。遥望天际，海那边还是海，郑和的船队激起的海浪今天仍然在冲刷着故国的海滩。

我的遐想从长白山的山麓流淌下来，流到松嫩平原上，流入松花江。塞北的雪正在消融，春的脚步隐约就在耳旁，春的气息已经能够嗅得到。这是一方冻土，五千年来这里凝冻着一个梦，而今天，在这土地下，正奔流着整个民族奋发向上的热血。冻土即将成为一方热土，古老的大地正焕发着新的生机，生长着新的希望！

我好想站在玉皇顶上，望着红日从云海中蓬勃跃出；我好想荡舟漓江，体味那关于象山的美丽传说；我好想策马天山，寻回蒙元帝国那无边的豪迈；我好想饱览敦煌的岩壁，推想那古老东方神秘的过往——当我喝下一口浑浊的黄河水，那从骨骼深处翻腾起的是炎黄祖先留在我们血脉里特有的基因，此时，我才真正懂得，我才真有把握，什么叫做中国！

祖国，我愿意做你浩荡江河中的一滴水，做你故土上啼血的杜鹃，做你戈壁滩上的一场雨，做你宝岛上的一缕风……不，还是让我做一棵树吧，就让我长在边疆线的峭壁上，为祖国守候每个黎明，用我生命的一点绿装点出一份春天。

遥远的故事

每年八月十五,奶奶都要给我讲那个遥远的故事:“月亮上面有个玉兔,它陪着嫦娥……”而我总在一旁默默地听着。

血缘,这是怎样神圣的一种情感啊! 作为长辈,他们总想把自己所拥有的一切、知道的一切,传给后代,告诉我们,就连这些传说也不例外。

奶奶津津有味地讲着,我总是默默地听着,并不因为那故事常识性的错误而反驳。做晚辈的也该给长辈留下些什么,毕竟,在奶奶心中,那故事是真实的,是美好的。我本该为她留下这美好的记忆。

(此文是作者小学时期的一篇习作)

这里风光独好

文人墨客大多喜欢赞美山川，讴歌大海，我未畅游过名山大川，未饱览过浩瀚的大海，但在我内心深处，有一处地方的美是什么也代替不了的，在我心中，这里风光独好。

我家附近有一座石桥，像赵州桥那样的石拱桥。桥下的流水日夜不停地一边歌唱一边流向远方，带走岁月的回忆。岸边的杨柳在风中青了又黄，黄了又青，仿佛在期待一个永久的承诺。只有西边的那座山，总是那么宁静，守着春风秋雨的变换。就在这儿，留下了我儿时的梦幻、纯真……在这儿，我读懂了生活。

微风轻拂，水波荡漾，我坐在岸边，把双脚伸进小河里，去享受那水流的抚摸。杨柳友好地弯下了腰，伸出枝条与小河握手。山上的桃花开得正艳，好一片香涛花海，待在山下仿佛就能闻到那带着甜味的花香。天蓝得一眼就可以望穿，白云则像无瑕的白花绣在那湛蓝的天幕上，不，应该说是悬在那天幕上。一切那么幽静，那么和谐，再配上小河那悠扬的演奏，使我觉得自己像一个孩子躺在大自然母亲的怀抱中，没有烦恼，没有悲伤，只剩下了舒适、美好和无限的遐想。我也默默祈祷，希望永远这样好。

过了几天，一场大风雨就要来了。乌云在头顶滚动着，翻腾着，展示着大自然那不可抗拒的力量。风助云涌，更显出那种雄壮的气势。杨柳在大风的推拉中摇曳着，但绝没有企盼风雨来得小些，因为它们懂得，只有经得起风雨的洗礼，才有可能牢牢地扎根于生命的大地。清澈的河水显得异常兴奋，看样子，它并没有惧怕大雨会使自己变浑浊，它深知，没有雨水的供给，自己迟早会干涸。山的顶部早已被乌云罩住，但可以看出，山十分镇定，它知道千万次的风雨冲刷也会使自己逐渐消逝，但山有它自己特有的博大胸怀，它将自己融入天地间，无论以什么形式存在，都要让生命拥有无私无畏的风采。环视四周，我觉得眼前不再是自然景观，而是无人能用笔墨画出的壮丽画卷。我油然而生出了一种奇异的感觉，这应该是对自然的崇敬吧！也许接受风雨本身就是一种自然。

“青山依旧在，几度夕阳红”，傍晚的景象更让人惊喜。太阳慢慢靠近西山了，给山镀上了一层金，又给天空披上了一件艳丽的红锦缎。落日的余晖斜铺在水面上，河水一边碧绿色一边红色，依旧歌唱着、流淌着……溢着稻香的晚风中，杨柳摆着手，给落日送行。青山、流水、杨柳都期待着明天太阳重新升起，一切又都是新的开始。晚霞的光辉染红了天，染红了地，染红了树木，染红了山水，也染红了我——整个世界都笼罩在一片红光中。这光那么柔和，一点都不刺眼，但又显得那么庄严，令人崇敬、振奋。一切都那么茫远，仿佛没有边际；一切又那么近切，仿佛伸手就可以触到。这样的景象，恐怕用上帝创造的全部词汇也无法形容得出。我的整个身心已完全融于这片红光之中，我不再是我了，而是山上的一块岩石，岸边的一棵杨柳，河里的一滴水珠……

我希望，我的内心深处永远有这样一处风景独好的地方。它将使我在人生的道路上，无论遇到什么情况，心灵总有一个归宿，那儿有我儿时的梦幻和纯真。

（此文是作者初中时的一篇命题作文，老师当时给了满分）

四季心情

冷雨春

昨夜的泪化作今朝的雨，滴滴敲打我的心窗。

这是一个心的雨季，这是一个凋谢的春天。梦已成冰，茫茫心中奏着心曲，弦断有谁听？难道这都是命中注定？不！我不信命！我相信自己！这世界上既然有凋谢的春天，那就一定会有丰收的冬季。

让我再次播种希望的种子，即使我无法在冬季迎接一片春光，我也要在下一个金秋时节收获我所有的希望！

雨落在窗前，溅起朵朵希望的雨花……

海滨之夏

被雨滤过的天气，留下的是最清新的空气；被岁月洗过的往事，留下的是最美好的记忆。

往事点点滴滴，如雨，轻轻落在那片心海。平静中，溅起丝丝美丽的涟漪。道别无语，道别无雨。相逢本就是平静海面掠过一片云。云不会永远停留，但却在海面投下了永恒的倩影。

云夹着往事的雨滴，飘来飘去。在这个夏夜，它又飘过那片海面。雨滴敲醒了从前的回忆，依然是同样的天气。

生命的秋

我对秋天是情有独钟的，我最爱在秋天漫步于旷野之中，去体味那秋的生命。

独自在旷野中行走，偶尔会有几只野鸟从你脚边的杂草中飞出，贴着你的身子飞到远处去；也会偶尔看到几池水，这是真正的秋波，是多情的姑娘的眼睛。

地上的野草密密的，将枯未枯，一波一波海浪般地向天边涌去，涌向生命的发源地。

一片片树叶在风中盘旋而落，没有悲伤，没有留恋，它们在寻找生命的归宿。一棵棵树则在秋风中摇曳着，像一只只摇晃的手——渴望生命的手——尽力地伸向天空。

太阳是个会发光的圆盘子，一点也不热；月亮则像个钩子，垂在天边钓海；星星们眨着惊诧的眼睛，看着大地上的一切。

“秋风萧瑟，洪波涌起”。在秋天能懂得最深刻的是什么呢？应该是对生命的渴望。也许，只有在这旷野里，只有在这秋风中，人才能真正体味什么是生命！

这个冬天不太冷

世界上最后一片枯叶在风中飘落，它的生命便在枝头枯竭，飘落、飘落……飘回苍凉的大地，已故去的岁月都凝结在这冬的气息中，化作冰封的尘迹——这个冬天不太冷？

冰层下面，还有涓涓的水流在淌；遍地的落叶在风中飞舞，歌唱；时光的脚步在苍茫的大地上流浪——这个冬天不太冷……

有谁曾见过遍地衰草的哀叹？有谁曾听过冰封大地的悲歌？没有！寂寥并不是封滞，静止并不是死灭，严寒里的思考更加深邃，冷静中的眼光更加敏锐。看！枝头上待发的新芽正蕴含着第二个春天的全部信息，冰封的大地之下正奔流着整个民族奋发向上的热血——这个冬天不太冷！

我爱这个冬天，让冰雪掩埋旧的一切！我爱这个冬天，让无情的北风鞭打灰暗的天！这个冬天不太冷！寒冬封不住生命的热情。这个冬天不太冷！太阳的火点燃了新的生命。死灭吧，旧的世界！未来将属于全新的春的季节！

（这一组四篇文章是作者高中时期的作品）

少女的祈祷

河水终日流着，唱着岁月的歌——

河边站着一位少女，正在看日落，河水将金色的夕阳的光辉镀到她的脸上，她望着夕阳，将双手抱在胸前，仿佛在许什么心愿——年轻的心总是向往美好的。

她好像很喜欢这条河，所以天天来——是啊，如果生活中的人和事都如这河水一般清澈明亮，那该多好——少女祈祷着。

她是一个乐观的女孩，几乎天天都是笑着来，笑着去。然而，有一天，她却哭了。

人总是在自己的快乐中忘却了别人的悲伤，又总是在自己的悲伤里看见了别人的快乐。

她像是自言自语，又像是在对小河诉说。

她的泪水滴进河水里，冲去了，她的心事，也许只有小河能懂。

小河流淌着，少女祈祷着——夕阳是否明白她，是否同情她呢？如果夕阳也曾年轻过，他会在明天为这位少女升起热情真诚的生活。

（此文是作者第一篇公开发表的文章，刊登在普兰店市机关刊物《古莲》杂志 1997 年第三期）

太阳　星辰

人世间的真爱就如太阳星辰一般，永烁光明，亘古不灭。

我喜欢用太阳来比喻伟大的亲情。每个人的生活中，父母就是他生命中的太阳。这伟大的亲情为你驱走黑暗，送来温暖，照耀光明的道路。想一下，在我们刚刚出生的时候，“我”的概念还没有形成，连我们自己还不懂爱自己，而此时，我们的父母已经开始深爱着我们并已经准备为我们付出一切了。父母是最先爱我们的人，并是爱我们到最后的人，这种爱出于天性，博大而深沉。这是其他任何一种感情都无可比拟的，就像太阳的光辉，没有比它更明亮、更持久的光辉了。父母能够给予我们的在形式上可能大不相同，父母可能送你一辆高级轿车，也可能只送你一盏台灯，然而，在这两次给予中，那爱所包含的内涵是相同的。父母给予子女的都是他们全部的爱，都是那轮太阳的全部的光和热。太阳照耀着我们，而我们又能拿什么来照耀太阳呢？没有。如海的深情，如山的亲恩，是我们一辈子也报答不完、报答不尽的啊！我们能够做的就是尽心去爱父母，并用自己生命的光彩来为我们的太阳增添光辉。

在我生命的天空中，还闪烁着许多星辰，那些是我精神上的友人和我生活中的友人。他们时常给我慰藉，给我力量，给我信念和方向。人类历史上有许多伟大的灵魂，他们将他们博大的爱撒向人间，撒向明天。他们的思想照耀着尘世间的凡人，也照耀着我。在我的星空中最明亮的那颗星就是鲁迅，我还可以在那灿烂的星河里找到贝多芬、卡耐基、爱因斯坦、达·芬奇……他们的精神昭然若星，在漆黑的夜空中撒下光明，照亮了他们自己的时代，也照亮了我们的路。我坚信，你以谁为生活方向，你的生活就会折射出谁的光芒。精神上的星光将我的“夜”照淡了，而生活中的友人则将我的“夜”照亮了。寒冷中的一杯热茶，快乐时的一首新歌，迷惘中的一句忠告，久违后的一声问候——青青子衿，悠悠我心，手足真情，得一日亦可昭千古，如此，我还有什么要苛求的吗？只愿自己也能做一颗星，装点别人的夜空，照亮他人的路。

我从别人那里得到光明，而我也必将接受这份光明，并将它传播给其他的人，让真爱之火永远传播、照耀。人间的真爱与太阳星辰一起，永烁光明，亘古不灭！

（此文是作者大学时期的一篇作品）

鹰 之 旅

（一）

鹰的生命就是一次旅行。

当我被父母用他们捕获的猎物喂壮，他们告诉我，我该飞走了，飞到远方去寻找自己的家，鹰的梦在远方。

我站在先辈所筑的巢边。回过头来，父母紧靠在一起，正饱含期望地望着我。我转过身，抬起双眼，望着未知的天边，慢慢展开刚刚丰满的双翅。猛的，我用力一蹬，腾空而起，双翅奋力展开——巢筑在高高的悬崖上，我观看父母飞行也几个月了，但这是我自己第一次真正的飞行，第一次如果失败了，便再也没有飞行的可能了——我晃了几晃，很不稳定地向左下方划去，我连忙奋力拍击翅膀，终于，我稳住了——我飞起来了！父母在下面欣慰而深情地望着我，我俯冲下来，掠过他们身边，向他们致意。继而，我又升上了天空，在自己从前家园的上方盘旋了三周，低下头来，又望了父母一眼，然后，将双翅一振，直向远方飞去了。

（二）

我飞行着，在旅途中，我见到了许多其他的鸟：一群麻雀在一家农夫的院子里偷米吃；几只乌鸦俯在一头死牛身上啃着腐肉；一只孔雀翘起美丽的尾巴在湖边得意地走来走去；两只鸳鸯在河中欢快地追逐嬉戏——我不能落下去同他们一同生活，每种鸟都有自己的生活，而鹰的生活则是去实现自由！

（三）

我的自由在于我的翅膀和我的希望。鹰本身就是一种为自由而生并为自由奋斗的生命。我自由地飞行，自由地旅行，这就是我的生命，这就是鹰之旅！

我在北美西部的荒山上数着星星，我在地中海上穿越了暴风雨，我在富士山下吻着一朵樱花，我在印度的丛林中制服了一条正想咬人的毒蛇，我在南非的沙漠中发现了一颗巨大的钻石，我在黄河源头推想着古老的东方神话——而我没有在任何地方停步、逗留，我的梦，在远方，生命不止，便不住地飞翔。

生命就是停不住的翅膀，生命就是飞翔着的希望！

（四）

飞翔，飞翔，我作为风的使者，尽情地飞翔。

我一边飞翔，一边观看，看着大地的沧桑，看着花开花落的年年岁岁，看着繁华如露的弹丸人间。

我也欢笑，我也歌唱。

我笑观鲜花装点的大地，我歌唱广阔自由的蓝天。我用翅膀划出了一道道岁月的旅程，穿越了茫茫山海，穿越了悠悠千年。

啊！我是鹰，为自由而生；我是鹰，为欢乐而飞翔；我是鹰，为生命而歌唱！

不管山高路远，任我海阔天长。让梦，抱着天空，发出新光彩；让美好，带来欢笑，在大地展开。

（此文是作者刚参加工作时写的一篇文章）

笑　容

大多数人会说的第一句话就是“妈妈”，而我会说的第一句话却是“爸爸”。

父亲离开我已经整两个月了，而他的音容笑貌却宛如在我面前。我的手依旧能感受到拥抱父亲时带着的体温，我的耳畔不时地回响起父亲的教诲，尤其是父亲阳光般的笑容，平静地住在离我的心最近的地方。

两个月来的每一天，我目之所及，耳之所闻，无不触及我心中无尽的回忆。雨街上打伞急行的行人让我想起父亲夜归的车铃；听到楼道中乒乓球跳动的声响，我仿佛见到了父亲年轻时挥拍的臂膀；见到再平常不过的一家人并肩而行的场景，我怎能忘记父亲常讲的“家是讲情的地方，不是讲理的地方”；望着满天星斗，我想起了星空下父亲为我作的诗和他浸满了爱意的目光。爸爸，您对孩儿有太多太多的爱与期望，而我还没来得及向您一一作答呀。

父亲爱我，他对我的爱有时候近乎一种宠，父亲曾对我说："如果我俩同在一条船上，船遇到了危险，必须有一个人下去，我下去！因为你是我的希望。"是的，我完全相信父亲的话，因为他不但这样说，也是这样做的。记得我七岁多的时候，一次我坐在屋里看电视，父亲在隔壁房间弄吃的，突然间屋子强烈地抖动起来，棚顶的电灯左右摇动，是地震了！我从来没听说过"地震"这个词，也不明白这到底是发生了什么情况。只见父亲从隔壁房间箭步冲到我面前，一把拉起我，抱在胸前，用最快的速度把我推到了窗外，而此刻父亲自己还站在那剧烈晃动的房间里。幸好此次地震有惊无险，但父亲在那瞬间全然不顾自己只为保护我的场景，永远烙印在我脑海中。

父亲天生爱笑，我小时候说"爸爸生气的时候都在笑"。父亲的笑容永远是那么灿烂，那么光彩照人，父亲的笑容让我从童年时代就相信生活永远是美好的。

父亲爱我们的家，他的爱就像播撒温暖的阳光。每天晚上，父亲回家一进屋，屋里的气氛就立刻热烈起来，房间里就会被笑声、炒菜声、音乐声热闹成一堂。每当我们一家三口并排走在大街上，父亲那乐观自信、潇洒自如的风度，必会引来人们关注的目光。

我考上军校是父亲最开心的事情，拿到录取通知书之后，父亲每天笑得合不拢嘴。每天晚饭后，父亲都要和我坐在屋外望着夏夜的星空，长谈几个小时。时间好快，转眼就临近了报到的日子。启程出发的当天上午，父亲带我到爷爷的墓地去祭拜。父亲跪在墓前，我也跪下。"父亲大人，我今天带着新平，您的孙子，来您的墓前祭拜您。父亲一生就喜欢读书人，孙儿考上军校，您在九泉之下一定也会高兴和欣慰的。希望您保佑我们夏氏家族子孙，心想事成，一帆风顺，大有作为。"父亲随后又给我讲了很多家族往事，他告诉我："其实一个家族的历史就像一个国家的历史一样，你们这一代很幸运，没吃太多苦，但一定不要忘了前辈的创业艰辛，要珍惜生活，珍惜今天。”祭拜完毕，父亲说了声“走吧”。我回头又望了一眼爷爷的墓地，当我转过头来，看到父亲掏出手绢仿佛要去擦汗，但我从背后却分明看到了父亲把手帕捂在眼角处。这时，父亲转过头来，深沉地望着轻烟环绕的墓地，眼中闪动着泪光。瞬间，父亲的泪水突然夺眶而出，涌流出来，父亲也不再怕我看见，用手帕一把一把地擦着泪——这是我第一次见父亲流泪，从来，在家人面前，父亲总是面带微笑的。

如今，我的父亲也到天国去了，留下我无尽的思念，而我又如何去追寻那些和父亲一起度过的时光呢？我走到山顶，走到田间，走到操场，走到河边，骑着父亲的车子，走遍那座小城的每个角落，去寻找父亲留在那里的足迹，寻找未曾远逝的摩托马达声，寻找我俩留下的笑声和往日的影子。而我终于也没有控制住自己的泪水，在无人的山路旷野，我号啕大哭，我的哭声惊飞了山鸟，我的泪水洒到了云边。爸!! 您把对我的爱永远留在了我心底，却把我的爱带到了天堂。

父亲去世后，我改变了许多生活习惯，变得特别喜欢睡觉。因为在梦中，我能够和父亲相聚，听到他的教导，看到他的慈颜，欣赏他阳光般的笑容。从睡梦中醒来，看着桌子上我们全家的合影，父亲的笑容仍然会对我说话：“要认真，要努力，不要犯任何错误，要为咱们家族争光争气，你也是中国人民的儿子。”此刻，我更加懂得了家的内涵。是的，家是一种温馨的感觉，家是一种精神的寄托，我们的家还是完整的。父亲活在我们身边，更活在我们心里。心中的家，那里永远有我们三个人，永远有父亲那阳光般的笑容。

我打开日记本，写下了这一段文字：

我要点燃大地的烽火，照亮您的天；那喜马拉雅山，冰封不了我的思念。我要把您的名字，刻在世界的峰尖，让您时刻能够看见，儿子对您的挂牵。我把我的爱,洒向灿烂的星天;那闪烁的星斗,是我深情的泪眼。如果真有来世,我依然要在您的身边;陪您诉说梦想,听您讲述我们的昨天。

2002 年 12 月 31 日

灵性的召唤

在太阳的光辉下，我有一个影子，这个影子属于过去；在月亮的光辉下，我有一个影子，这个影子属于未来。一个影子从远古向我走来，一个影子从未来向我走来，我自己也如一个行走着的影子，不知是真实的还是虚幻的。

我的影子在几万年前的日光下奔跑着，我握着木棍，追捕一头鹿，灵魂在向我召唤，那是野性的呼唤。我用棒将眼前奔跑着的生命打倒，然后让它体内那温热的生命流动流进我的嘴里，我的身体里。我并不是残忍，我是自然的产物，我只是让生命的河流由别处流进我的身体里，最终也将流向别处。我的影子在几万年后的月光里静坐着，天边吹来的风让我的思绪飘了起来，我额前闪着黄色又像蓝色的光，灵魂在向我召唤，那是灵性的呼唤。连天的野草随着风，一浪浪地向我涌来，草丛中，风里，头顶的天空上，许多闪亮的光团飘飘扬扬，落进我的身体，又飘出去，我便是自然的一切了，自然也就融入了我……

今日我于寂静的狂野中一声长啸，打破的是宁静。个人的力量有时如此渺小，打破不了世俗的游戏规则，打破不了人心之间的坚墙壁垒，打破不了自己的内心枷锁，唯有打破此刻的宁静。可惜的是，随着我们种群对自然的殖民越来越严重，我们能找到的可以用来打破的宁静空间也越来越少。喧嚣的城市让人难以有片刻的宁静，在如此的喧嚣中，即使极力呐喊一声，也马上被汽车马达的轰鸣声所掩盖，人们不曾听到，听到也不曾关注，即使瞬间关注也不会再记起。这就是我们的城市，当寻找诱惑的眼神像霓虹灯一样闪烁，当天马行空、率性恣意的快乐如豪饮之后的酒瓶一样高高堆起，幸福感却像沙漏中的细沙，慢慢流失，同时在流失的还有无声的岁月。整个城市宛如一块巨大的混凝土，畅快地吸收着阳光的灼热，它没有痛感。雨水不期而至，扑在发烫的地面上，升腾起弥漫的水汽，那气也是热的。城市的气氛热烈而沉闷，这热烈不是沉舟侧畔千帆过，不是万朵葵花向阳开，它更像正在加温的水，水分子受热不安地到处窜动、碰撞，吱吱作响，却没有真正沸腾起来——我来到这旷野中放空我的心情，在这苍穹笼罩的大地上，我听得到自己的心跳。

飞机从草原飞到熟悉的城市只用了一个小时，半天前还在原野上牧歌的我现在行走在繁华的都市大街上，看着身边的人们，仿佛走在无人的街道，隔着橱窗望着商店里的陈设。我感觉在与他们平行的另一个时空望着他们，不知两个平行的时空是否有可能交汇。眼前的繁华如此真切而灼人，而一切又都如梦幻泡影。天大地大，却有我的感官所无法触及的世界，那里或许才是一切的本源。一切其实并不都如我所认为的，其实，一切也并不如任何人所认为的。

我遥望着都市中如海水般浩渺的灯火，如同草原上一条仰望星河的狼，心中充满了好奇与遐想。

东山的海

从南京出差到东山岛，先从南京乘飞机到福州，开一天的会，然后乘车去东山。

这一次乘坐的是头等舱，视线格外开阔。起飞后不久，就看到延绵的群山，烟雾缭绕，宛如动态版的山水画。越往上飞云越多，渐渐出现棉花堆似的云团，感觉又柔软又厚实，让你有想跳到上面蹦床的冲动。突然前方的云团向下陷下去，像一个巨大的碗，碗的底部正是一个山谷，越来越近，碗变成了巨大的盆，山和云浑然一体，好似一个可吞吐天地的聚宝盆。越向前飞云层越厚，连成一片云海，已经看不到一点土地。飞机就像在一片纯白色的海面上飞行，无数的云朵堆起了一波又一波汹涌起伏而又凝固般的海浪，那浪头看似翻腾，却又平静不动，飞机飞了半天你才会感到在海面上移动了一点。一浪浪的云朵铺向天边，一直延伸到无尽天际那一片蔚蓝。这时突然在云海上方有影子在移动，宛如一大片舰队威严地开进，那是云层上的另一片云层，严密地排列着。慢慢地云海里长出了一个个“岛屿”，最后连成了一片“云山”。光和影交织出的明暗色调勾勒出了一幅巨型水墨画，非常纯粹的水墨，只有两种色彩，而且是活的水墨，明暗色彩在不停地流动，如山间之泉，又如山间之雾，让你的心都在滋养和舒展着。飞机终于开始下降，穿越云层，一片白，炫目的白，流动的白，足足五分钟，飞机穿过云层，看到了真正的海。礁石、灯塔、庙宇很精致地镶嵌在岸边。海边两个小孩子在向飞机招手，向着飞机飞行的方向奔跑，仿佛都看得到他们的笑脸，听到他们的笑声。“有福之州”到了。

从福州坐车到东山要六个多小时，午饭后出发，到东山已经是晚上了。一路听车上的朋友说了东山的故事，东山岛是中国第七大岛，在岛上曾经拍摄过《八仙过海》《西游记》等影视作品。东山是个有历史文化的地方，是理学家黄道周的出生地，是戚继光抗倭扎寨的练兵地，据说还是天地会秘密活动场所的所在地。岛上最著名的要数“天下第一奇石”风动石了，200吨的巨石天然形成，悬空而立，从侧面看感觉推一把就会掉到海里，大风吹来石体就会左右摇晃，“咯咯”作响，但倾斜到一定角度就不再动了，甚是奇妙。我最期待的，还是东山的海，听说东山的海滩沙子非常紧密，人轻轻地在沙滩上走，都不会留下脚印，被称为“铁板沙”，全国绝无仅有。到了东山已经天黑了，也没看到什么光景就被送到酒店，一路舟车劳顿，就好好睡一觉，等第二天早上早点起床，去看看东山的海。

天还没放亮，我便爬起床，披件衣服就走出酒店。鸟语声中，呼吸着湿润清凉的晨风，走到树丛的边缘，并未见到海。前面是几米高的石坝，走近石坝，听得见远处隆隆的声音，那节奏分明是海在呼吸。我迫不及待地几个箭步冲到坝顶，瞬间，眼前铺开了一幅壮阔的画卷。一排排的浪向沙滩涌过来，时而像一道水墙，时而像一串跳跃的音符，时而又像从中间向两边迅速拉开的白线。最不可思议的景象是向海边堆来的浪墙，中间突然涌起一个浪头，浪头翻腾着雪花，沿着浪墙一路翻转过去，那旋转的浪头让我想起优美的水袖，又好像杰克逊甩动的手指。几排水墙一起涌来时蔚为壮观，浪头一窜，伴随着响亮的涛声，浪花如焰火一般炸开，一处，两处，一片，又一片……顿时，涌动的潮头化作满眼礼花，涌起来，绽开了，又涌起来……海从远方奔涌而来，那遥远的天边就仿佛是海的发源地，海天相接的地方是一大片云，远远地看不见轮廓，只是一片淡青色、浅紫色。太阳就在那一大片云的后面，仿佛刚刚睁开睡眼，眼睛只微微露了一点缝，给那片云镀了一层橘红色的边。云上方的那个红边越来越宽，也越来越亮，就连迎面而来的海浪也更加舒展，更加有力。太阳真的起床了，用力地向上探了探身子，天空一下子亮了起来，一片炫目的光从云层后面迸射出来，顿时感到整个世界清晰了。眼前是如此纯粹又如此丰富的画面，最近处是一片泛亮的沙滩，沙滩的正前方是片欢腾的海，海的上方是大片深沉的云，云的顶部是刚刚被太阳照亮的天空，没有一点多余的点缀，没有一点额外的声音，眼前就是一片纯粹的大自然，海浪推涌着沙滩，云层托举着苍天。此刻，只有这浩瀚的天地，还有海滩边一个静静观想的我。世界和我如此之近，我就是这世界的一部分，是那穿云而出的阳光，也是那亘古不变海的声音。太阳愈发光亮，一个金色的圆盘从云层中一跃而出，那淡青、浅紫、橘红一下子都不见了踪影，海天间一片金黄。海浪在一片金色的光亮中跳跃，那潮头带着浑厚而悠远的轰鸣声，扑过来，再扑过来，是的，那就是大海的呼吸，几万年来都是这样的节奏，在天地之间奏出生命的交响。

天空笼罩着一切，唯有那天空下生活的人们仰望苍天，发出不同的感慨。当万里无云的时候，我们会说天空是块美丽而透明的蓝宝石；当尘沙蔽日的时候，我们会说天空是片迷茫而看不透的荒海；当风雪漫天的时候，我们会说天空是个冷酷而残忍的恶魔。天空之下，芸芸众生，茫茫沧海。其实人生就像大海，海是伟大的，因为海有无边的宁静，有无限的风暴，更有无比的气度；人生是伟大的，因为人生有欢笑，有泪水，还有无可奈何的不幸与失落。守着沧桑，日复一日，年复一年，永无休止地向深度与广度发展，这就是真正的海；面对苦难，宁可有无数次的失败乃至最终的灭亡而终没有屈服，这便是真正的人生。永远宁静的海只不过是一潭死水，有了奔腾的潮流，海才拥有了生命！

南京有大爱

数百年前，一个名不见经传的工匠倾其心血烧造好了一块墙砖，这刻着他的名字的墙砖被砌到一座新建的城墙之上。数百年后，当多少往日的王公贵族早已不被人记起的时候，今天在公园散步的游人们还可以在湖边的城墙上读出这个工匠的名字。这样的事情发生在南京，一个充盈着大爱的传奇城市。

大爱，是一种包容天地的博大胸襟。

去过中山陵的人一定都记得博爱坊，孙中山所书“博爱”两个大字力透碑石，由于伟人的影响力，南京有了“博爱之都”的美誉。南京的博爱包容，并不是源于孙文的题字，而是源于它独特的地理位置和历史积淀。南京，既有王者气象，也有六朝烟水，南北交汇，厚重包容。南京的特质，归因于长江黄河两种文化的强力冲撞，归因于一个庞大民族的不同特质的聚汇。这种冲撞和聚汇,激浪喧天,气势夺人。正因为如此,这里能摆得开金戈铁马的恢弘战场,也容得下天下文枢的江南贡院;这里的曲巷通得到堂皇殿阙,这里的流水驶得过香艳画舫;这里听得见易水壮士低哑的喉音,这里也能孕育出秦淮歌妓撩人的弹唱。这是一个遍地是诗词,触目皆典故的城市,当明城墙还是一片平地,六朝金粉还要几百年才能登场的时候,南京城已是白天花檐若云,晚上灯花如雨的景象。以八万精兵大胜苻坚百万大军的谢安、书圣王羲之、山水诗鼻祖谢灵运等巨匠在一个叫乌衣巷的地方风云际会。中国历史上第一位天竺取经归来的高僧法显就是在东晋的首都建康写下了不朽之作《佛国记》,并成为中国南方佛教的代表人物。另一位家喻户晓的取经人玄奘,其灵骨因唐代黄巢起义之乱,被僧人守护,带到南京,如今安葬在覆舟山玄奘塔。两位划时代的大师,终于因为南京有了交集,这座城市将最早的取经人与最著名的取经人连在了一起。中国历史上影响时间最为久远,今天仍在发挥作用的一道圣旨也是从南京颁发的。512 年,梁武帝颁布诏书,天下僧侣不得吃肉,从此出家人只能吃斋,这一规定延续至今。中国古典文学巅峰《红楼梦》,源于曹家在南京的生活,曹寅的母亲是康熙的奶娘,于是才有了曹家的风光,当初风光无限的江宁织造府如今正在旧址上重建。时至近代,中华民国的成立给这座城市增添了新的文化色彩。那些被粗壮的法国梧桐遮盖的林荫大道与沿途众多形形色色的民国建筑,俨然成了这个城市不可或缺的精神元素。从中山路的民国中央行政机构到各类银行旧址,从社会名流别墅和各国使馆到老城南的民居商住,从石鼓路天主教堂到下关码头车站——这些民国建筑千姿百态,宛如万国建筑博物馆。今天的南京是难得的一个不排外的大都市,南方人、北方人,城市人、农村人,汉族人、少数民族人,甚至是外国人,只要在这里生活,在这里扎根,便都有了同一个名字——南京人。无论高档餐厅还是街边小店,一句“啊要辣油啊”就会让人亲切地感到好像回到了家。重新“回到家”的还有孙中山的铜像。2010年，孙中山铜像重新搬回了新街口中心，站在这里，孙先生可以看到他深爱的城市可喜的变化，这位曾经预言“南京将来之发达未可限量”的伟人此刻应深感欣慰。望着那庄严的铜像，人们可以感到，在民族利益、国家大义面前，政见不同只是支流，中华一统才是大道。

大爱，是一种百折不回的坚韧品格。

“山围故国周遭在，潮打空城寂寞回。”从东吴到陈，三百多年间，六个短促的王朝一个接一个覆亡，弹指挥间，城旗数变，枯骨陈尸不知凡几。隋灭陈，金陵城破之日，六朝宫阙一朝焚毁，大火连绵，数日不息，六朝的脂粉随着秦淮河的东去不再复返。只有从前人那意气湍发的诗句里，从六朝那流金错彩的骈句中，我们才能重新找到有关它的只言片语，想象它的如梦繁华。当繁华的往昔被摧毁得灰飞烟灭，遍地荒草，焦土昏鸦，这座城市并没有沉沦。当春风又绿江南岸，那被唤醒的不仅是春草，还有这座城市的生机。唐代大诗人李白曾多次来到南京，并被这里秀丽的山川和丰厚的人文积淀所感染，他游览过紫金山、玄武湖、凤凰台、长干里、板桥渡等地，每个地方都留下了诗篇。北宋时期，时任江宁府尹的王安石为改善民生，发展生产，组织百姓泄水改田，将昔日广阔的玄武湖开辟成了千亩良田，这个六朝时曾经多次演练水师的著名湖泊便一度消失了三百年。至洪武皇帝将南京定为明朝都城，这座城市进入了新的辉煌时期，宫阙万间拔地而起。后来朱棣在北京模仿南京城也造了一座宫殿，因为按照常理儿子不能超过父亲，所以他的宫殿是九千九百九十九间半，比洪武皇帝少半间，这便是今天享誉中外的紫禁城。而那座南京明代巨型宫殿群，如今只能在图纸上看到形状，它在太平军和清军两次破城后被焚烧殆尽，留给今天的只有几根石柱和一声巴比伦式的叹息。但更大的劫难还在后面，1937年12月，日本侵略者在这片土地上，在当时的中国首都进行了惨绝人寰的大屠杀，侵略者的屠刀滴着血，民众的心头淌着泪，那滚滚东去的秦淮河一半是血，一半是泪。然而，这么多苦难的堆积也没有压倒南京的脊梁，家园没了，我们重修，城市毁了，我们再建。一如那在寒风大雪中绽放的万树梅花，这座城市即使在繁华中凋落，也会在灰烬中涅槃重生。当幽怨的雨点落在托着康熙“治隆唐宋”御笔的石龟上时，那刚毅的面庞溅起的不是泪花，向上的眼神在等待着历史的洗刷，因为他知道，风雨之后，这片土地依然会盛开奇迹，长满鲜花。1985 年落成的南京大屠杀遇难同胞纪念馆，成为人们悼念亡灵、祈愿和平的场所。它在告诉一代代人，这是一座历经磨难却依然屹立的城市。

大爱，是一种不断前行的城市精神。

古人相信想占有天下必须占据王气之地，南京就是这么一个地方。紫金山纵横南北，似巨龙潜伏，石头山临江陡峭，如猛虎盘踞，这就是南京虎踞龙蟠的由来。自春秋建城，至今两千余年的沧桑历史让这座城市在岁月中沉淀了别样的大气与尊贵。三国时东吴大帝孙权将建业作为都城，带入历史的视野。晋朝永嘉南渡后，建康取代了黄河流域的长安和洛阳，正如在罗马世界拜占庭取代了罗马和米兰一样，建康成了东方的拜占庭。当中国的北方在众多游牧民族的纷争中负重前行时，南京为华夏文明的延续提供了一方沃土。南京是世界上第一个人口超过百万的城市，身为六朝古都，金粉圣地，这里拥有太多太多的繁华余韵。到了明代，南京城更是盛极一时。丹麦著名童话作家安徒生有一篇名作叫做《风之子》，作品中描述了四个当时世界上最著名的建筑物，其中之一就是南京的大报恩寺塔。安徒生一生未曾到过中国，但他对这座由彩色陶瓷修建起来的瑰丽宝塔非常神往，在那个年代，这座塔在世界人眼中的地位就如同今天的人看埃菲尔铁塔。朱棣迁都北京后，仍然在南京保留吏、户、礼、兵、刑、工六部，官员级别也和京师相同，北京所在为顺天府，南京所在为应天府，南北呼应，合称二京府。600 多年前，郑和率领庞大的船队从南京出发，劈开了万里波涛，开始了史无前例的伟大航行。这支船队不仅航越了地平线，而且航越了时空，至今仍在国人的心海中继续着中华民族的蓝色梦想。郑和让世界知道中国，清末的一个事件让中国重新了解世界。中国第一次以官方名义主办的国际性博览会就是在南京举办的南洋劝业会，鲁迅先生和当时很多中国人就是在这个活动中第一次看到了电灯，今天流传的数百种中华老字号也是从那时开始的。1912 年，国民政府定都南京。至此，南京便成了“民主”“共和”的代名词。但反封建、反专制的道路并不平坦，在后来南方和北方两个阵营、两类思想、各种前途的交锋和对抗中，南京又成了中国民众追求共和、讨逆护法的桥头堡。在传播先进思想的道路上，南京的高等学府领一时之风。1948 年，在当时世界大学排名中，中央大学超过日本东京帝国大学(现东京大学)，居亚洲第一。后几经合并调整，如今的南京拥有五十四所高校，“诚朴雄伟，励学敦行”的南京大学、“止于至善”的东南大学、与北京大学同一个建筑大师设计的南京师范大学，等等，可谓十里秦淮，文曲照而生色，千秋都会，清风吹复出尘。万里长江一路东流，到了南京就豁然开阔，江面最宽处 2.5 千米，最窄处也有 1.5 千米。跨越长江天堑，是古往今来多少中国人的梦想。1968 年建成的南京长江大桥，是中国人独立自主的壮举，是党领导和团结人民群众干大事的标志性事件，记载着我们民族在那个特定时代的激情。六朝虎踞龙蟠，今朝地覆天翻。今天的南京流光溢彩，人文荟萃，传统与时尚相互融合，继承与发展共奏华章。创建“具有全球影响力的创新名城”的时代之声正在奏响，这座古老的城市正在焕发出无限的生机。一座座新的城市板块拔地而起，一片片高新产业园区栉比林立，一群群新时代的青年正信心满满，大步走来。

南京，有大爱！这大爱关乎山水，关乎人伦，关乎文化，关乎精神，关乎历史，关乎明天！当我站在钟山之巅，看那一轮红日蓬勃而出；当我驻足长江之畔，面对竞过千帆感慨逝者如斯；当我荡舟秦淮河上，回味桨声灯影中的如歌往事；当我抚摸古城的墙砖，眺望紫峰大厦耸入云端……此刻，我感受到了这座城市的心跳，他历尽沧桑仍坚强有力。“虎踞龙蟠今胜昔，天翻地覆慨而慷”。钟山风雨、秦淮灯影、六朝繁华、南朝旧梦、民国遗恨，一切都已是过眼云烟。如今的南京洗尽铅华，淳朴而又真实，平静而充满生机。南京，享受过荣耀，书写过风流，造就过繁华也经历过苦难，但又一直满怀着希望与憧憬，它以其独特的气质一次次在中国历史和文化中留下浓墨重彩的一笔，它以其傲人的风骨千百回地在苍天和大地之间书写出动人的城市传奇。美哉，我大爱南京；壮哉，我南京大爱！

人性之问

有一部微电影名叫《车四十四》，总时长只有11分钟，却是第一部在威尼斯电影节获奖的华语电影短片。这天，很多乘客坐在44路长途车上，有一个男青年在荒凉的路边等了两个小时，终于等到了这辆车，上车后与女司机交谈了几句之后，长途车又开始远行了。不料，在公路上遇到两名劫匪，他们不仅将票款抢劫一空，还胁迫女司机到路边荒草地中欲施强暴，可是车上所有的乘客都无动于衷，男青年在动员无效后，一个人冲到车下要求匪徒放过女司机，可是反被刺中一刀，女司机也未能幸免于难。女司机被匪徒放回后继续开车，可是却将挺身而出的男青年赶下车。后来，男青年知道了，44路公车被女司机开进了山谷里，她和车上乘客全部身亡。对那位女司机而言，人性的冷漠无情，太让她心寒，所以她决定与这些自私自利的人同归于尽！悲惨壮烈！

人性究竟是什么，千百年来争论不断，至今也没有一个统一的答案。有人说人性本善，有人说人性本恶，有人说人性既善又恶，有人说人性不善不恶，有人说人性超越了善恶……不管哪种观点，有一点是一致的，就是人性的外在表现确实是两面性的，时而是天使，时而是魔鬼，有时像海水，有时像火焰。

人性之“恶”多源于自私，人性的光辉一面则多体现为利他。这里所说的“恶”其实并不是邪恶，而是人本能、本性中的一种东西，弗洛伊德称之为“本我”，佛学上称之为“我执”，社会学里把它叫做“个人主义”。这是人类从自然生物演化为社会生物所保留下来的一种原始的自我保护能力，这是人作为动物的一种天性。但是这种“恶”如果不加以约束，任其无限放大，则会带来很多人间乱象，社会悲剧。从古至今，各种各样的案例不计其数。

人在社会上生存，首先要解决的问题是生存，所以“利己”似乎是天经地义，“利他”那是在各种基本条件都满足了之后的道德层面的东西。从女娲造人到今天，人类所做的事大概无外乎三种常态：利己不损人，损人利己，还有损人不利己。“毫不利己，专门利人”在人类的长河中是极个别的案例和极个别历史时期的写照。三种“常态”中最高的境界是“利己不损人”，其次境界“损人利己”，最低境界乃“损人不利己”。怕就怕“损人不利己”的人深陷其中浑然不觉，以一副“眼不见为净”的姿态自欺欺人。现实生活中有一些无底线的相互伤害，卖米的知道自己的米有毒，于是不会吃这种米；卖鱼的知道自己的鱼有毒，于是不会吃这种鱼；卖药的知道自己的药没有疗效，于是不会吃这种药……吃这些的都是不知情的“别人”，反正“自己”不吃，而“自己”却不得不吃着“别人”提供的自己所不知情的各种东西。在这个食物“链”上，每个人都在输出伤害，每个人也都想自我保护，却无奈被大环境裹挟最终都成了受害者。

针对人性的狭隘性和自私性，毛泽东同志曾经发动了一场旷古绝今的伟大战役，在中国这幅员辽阔的版图上实现了价值观念根本性的转变。他让数亿人民从自私的、狭隘的农民变成了有社会主义觉悟的、大公无私的劳动者，这是一个伟大的历史性事件，也是一次伟大的历史实践。作为一代伟人，毛泽东最伟大的战役或许不是抗日战争中的持久战，不是解放战争中的三大战役，也不是抗美援朝，而是对中国社会制度的变革，对中国人价值观的改造。毛泽东诞生在清朝，民族灾难最为深重的时期，外强欺凌，民不聊生。毛泽东的青年时期是军阀混战的时期，整个中国一盘散沙，理想和主义离劳苦大众是如此遥远，生存和死灭是每天都要面对的问题。终于，1921 年，中国共产党成立了，毛泽东等一批中华民族最优秀的青年站到了时代的潮头，思考着中国这艘巨轮究竟要驶向何方，对中国人价值观的改造就是从这个时期开始的。"人民是国家的主人。""人民，只有人民，才是创造世界历史的动力。""全心全意为人民服务!"毛泽东领导和团结中国人民取得了一系列伟大的胜利，建立了中华人民共和国，并在全国范围内实现了社会主义改造。从一盘散沙的"流民"到当家做主的"人民"，仅仅用了 28 年。28 年，正好成长起来一代人，这一代人是经历了艰苦卓绝的斗争并让中国扬眉吐气、昂首挺胸的一代人。这一代人创造了中国历史上，乃至世界历史上旷古绝今的一个奇迹，一代没有私心，心中只有国家，真心真意为子孙、为他人谋福祉的大写的人。

沧海横流，横流的不只是沧海，还有物欲；人心险恶，险恶的不只是人心，还有江湖。当自私成为一种天经地义，当冷漠成为一种司空见惯，我们的社会如何能相拥取暖？我们的人生哪里去追寻人性的光环？如果说社会责任意味着一棵树摇动另一棵树，一朵云推动另一朵云，一个灵魂唤醒另一个灵魂，那么谁来做第一棵树、第一朵云、第一个醒来的灵魂呢？当我们批判人性，无私的一代人告诉我们人性是可以改变的；当我们批判社会，身为社会一分子的你是否也在被批判之列。人，还要继续冷漠下去吗？冷漠得不到救赎，面对人性之“恶”，如果不挺身而出，很可能就再也没有站起来的机会。放下批判、放下责问、放下抱怨，想一想，自己是否可以做得更好；问一问，自己是否愿意做得更好。如果人性和理想中的社会就如同被魔咒封印的王子，你是否愿意用你的真爱来唤醒他呢？任他世事浮沉，任他人言可畏，行动才能带来改变！让我们来做那第一棵树、第一朵云、第一个醒来的灵魂。

马克思：我们最熟悉的“陌生人”

有这样一个人，他的名字如雷贯耳，可很多人对他却知之甚少；有这样一个人，在书本、电视、学校墙壁上经常可以看到他的头像，可对于很多人来说，他更像一个时代的符号；有这样一个人，他的思想和理论已经深深地改变了我们的世界，而很多人却不曾想走近了，更清楚地了解他。他就是马克思，一个我们最熟悉的“陌生人”。

今年是马克思诞辰 200 周年，南京大学举办了“风云激荡 200 年——纪念马克思诞辰 200 周年历史文献展”。价值 1 500 万元的马克思《布鲁塞尔笔记》原始手稿是该展览的一大亮点。近日笔者到南大参观，有幸听了南京大学哲学系青年才俊张义修老师的全程讲解。这是一次洗涤心灵的活动，马克思的形象在我们的心中愈发伟岸，更加清晰起来。其实，马克思与我们每个人的生活联系是如此紧密，无论一个人喜欢或不喜欢，承认或不承认，今天的世界是在他的思想影响下运行的。就如同每个人每天都在呼吸，却没有多少人热心去了解，空气中到底有哪些成分。走近马克思，了解马克思，我们便能找到了解整个世界的“答案之书”。

伟人不是天生的智者，思想力和行动力成就了其伟大

1818 年 5 月 5 日凌晨时分，特里尔城布吕肯巷 664 号住宅的房间里，一个名叫亨利希的律师神情不安地踱来踱去，时不时地趴在房门上探听动静。直到助产大娘跑出来告诉他，恭喜恭喜，生了一个大男孩！他这颗悬着的心才落下。这个男孩，就是马克思。一个极其普通的夜晚，却诞生了一个在世界历史上掀起波澜的伟人。众所周知，马克思是德国人，但他出生的时候，德国还没有“诞生”，他的家乡特里尔属于普鲁士。在历史上特里尔曾经是罗马的古都，共和精神“为公共事业而献身”，在古老的城墙与廊柱间，一如“幽灵在游荡”，从未消失过。浓郁的罗马遗风，独特的文化氛围，在儿时的马克思心中就扎下了根。马克思的童年可以说过得非常无忧无虑，没有堆积如山的作业，没有排不完的补习班，大部分时间都是和自己的姐妹、邻居玩耍。晚上睡觉前，父亲经常大声地为他朗读法国知识泰斗伏尔泰的作品。儿时的他没有太多特别之处，长大了去波恩上了大学，也还是个普通学生。马克思人生的巨大改变源于与几座城市的不解之缘，这几座城市分别是柏林、巴黎、伦敦。如果马克思没有到柏林读书，他有可能就会像父亲一样成为一名律师；如果他没有到巴黎遇到恩格斯，或许就不会创立科学社会主义；如果后来他没有移居伦敦，就不可能诞生巨著《资本论》。马克思在波恩大学学习了一年法律专业，期间他花钱大手大脚，一年就花掉了 700 塔勒，相当于现在 14 万元人民币。有一次他与一名贵族学生发生了争执，并且还进行了决斗。父亲对马克思在那里的学习情况并不满意，于是让他转

学来到柏林大学。柏林大学是当时普鲁士声望最高、氛围最好的大学，被誉为“现代大学之母”。马克思在那里接触到黑格尔的书籍并迷上了哲学，从此致力于历史和哲学专业的研究，最终获得博士学位。他学习勤奋，凡是读书必做摘录笔记，这个习惯伴随了他一生。1843 年秋，马克思迁居巴黎。1844 年 8 月，通过雷让斯咖啡馆里的一次谈话，马克思和恩格斯成了莫逆之交。随后马克思邀请恩格斯到自己的住所一叙，这一叙就谈了 10 天，在油灯和红酒的陪伴下，他们结成了终生不渝的革命战友。在遇到恩格斯之前，马克思主要是热衷于哲学，对政治经济学没有接触，在恩格斯的影响下，马克思开始了这方面的深入研究，并由此开启了一个思想的新时代。这一时期，马恩合作撰写了《神圣家族》《德意志意识形态》等光辉著作，批判吸收了黑格尔辩证法的“合理内核”，批判吸收了费尔巴哈的唯物主义基本思想，创立了辩证唯物主义和历史唯物主义的基本原理。1849 年，由于政治上受到迫害，马克思流亡到伦敦，在那里生活了 34 个年头直到去世。可以说，伦敦是马克思的第二故乡。马克思在伦敦生活的时期，正处于著名的维多利亚时代，是英国工业革命的顶点时期，也是大英帝国经济文化的全盛时期。大英图书馆有着当时世界上最丰富的图书资料，工业革命的鼎盛场景为他提供了第一手的研究素材，马克思如饥似渴地进行学习和研究。于是伦敦成了伟大的《资本论》诞生的地方，也是马克思主义成熟和发展的地方。

如果说世界上只有 3 个人能读懂爱因斯坦，那又有几个人能真正读懂马克思？

新千年来临之际，在资本主义的故乡，爆出了震惊世界的新闻。1999 年，英国剑桥大学文理学院发起评选“千年第一思想家”活动，结果马克思位居第一，爱因斯坦排名第二。不久之后，1999 年 9 月，英国 BBC 又以同一命题组织网上评选，在全球互联网公开征询投票一个月，统计结果仍然是马克思第一，爱因斯坦第二。在爱因斯坦相对论刚刚问世的时候，有人曾说过，世界上只有 3 个人能读懂相对论。马克思出生已经 200 年了，世界上又有多少人能真正读懂马克思呢？有一个真实的案例，在一次国际学术交流会上，一名日本学者大肆批评马克思的学说，另一位学者当场质问他："你读过《资本论》没有？"那个日本学者倒是挺诚实，他回答"没有"。回去之后他找来了一本《资本论》认真研读起来，这一读不要紧，那名学者被马克思的思想深深地折服了，他变成了一个马克思的铁杆粉丝，后来一直致力于在日本修订整理马克思文集。事实证明，只有没读过《资本论》的人才敢批评《资本论》；只有不懂得马克思的人才会指责马克思。马克思很多的著作是在他去世之后，由小女儿艾琳娜和恩格斯帮忙整理出版的。马克思平时做笔记和写作主要是方便自己来看，并没有想都发表出来，由于书写字体特殊甚至有些潦草，外人基本看不懂。据说只有他夫人燕妮和恩格斯才能读懂他的笔迹。恩格斯晚年整理《资本论》第三卷的时候，自己的身体状况也不太好了，都是他白天照着稿子口述，助手负责记录，晚上再对照原稿将整理出来的文本进行校对、修改。一部《资本论》不仅仅是马克思毕生心血的结晶，也是两位伟人伟大友谊的见证。马克思一生著作无数，真正意义的"马克思全集"至今还没有整理完成。他一生留下的大部分文献档案今天不是在德国，也不是在俄国，而是在荷兰国际社会史研究所。马克思的原始手稿、笔记回到了马克思母亲的出生地，也是一件趣事。

马克思是人类的典范，他可以做一切人的老师

如果说一个人"行为万世师，言为万世法"，那么马克思绝对是最杰出的代表。马克思的思想和模范作用超越了国界、超越了人种、超越了时间，必将持续地影响着人类社会的发展进程。

他是心怀天下的典范。1835 年 9 月，马克思中学毕业。在毕业作

文《青年在选择职业的考虑》中，马克思表达了为人类服务的远大抱负：“如果我们选择了最能为人类工作的职业，那么，重担就不能把我们压倒，因为这是为大家做出的牺牲；那时我们所享受的就不是可怜的、有限的、自私的乐趣，我们的幸福将属于千百万人，我们的事业将悄然无声地存在下去，但是它会永远发挥作用。而面对我们的骨灰，高尚的人们将洒下热泪。”马克思是世界无产阶级运动的先驱，但他的出身却是很富有的。马克思的父亲亨利希是一名律师，在当地收入丰厚；母亲罕丽达出身荷兰裔犹太贵族，她带着大笔的嫁妆来到特里尔，据说光现金就相当特里尔一个手工业工作者一辈子的收入。马克思的姨妈索菲亚留在了荷兰，嫁给了商人里昂·飞利浦，马克思的表哥就是今天大名鼎鼎的飞利浦公司创始人，我们经常使用的飞利浦剃须刀，就是马克思姨父家族生产的。马克思为无产阶级的利益奔走呐喊，并不是因为他自己受到了压迫而“仇富”。恰恰相反，从某种程度上说，他是背离了自己的家庭，而选择了为全天下受苦的人谋幸福，这是一种超越了阶级的大爱！

他是治学立说的典范。从上柏林大学以来，马克思就是一个超级学霸。他博览群书，学贯古今，知识渊博而精深。1843 年，马克思以《莱茵报》编辑身份第一次登上社会舞台，在该报被普鲁士政府查封后，他与自己青梅竹马的女友燕妮结婚，随后出走巴黎。读书和写作是马克思毕生的爱好，就连他和夫人燕妮的蜜月期，也基本是在读书中度过的。在巴黎，除研究政治经济学和法国大革命史之外，马克思还经常利用机会抨击普鲁士政府，后又被法国驱逐出境，流亡比利时。在布鲁塞尔的三年时间里，马克思的思想取得了重大的发展。他所写的《关于费尔巴哈的提纲》被恩格斯称为“包含着新世界观的天才萌芽的第一个文献”。今天书中的话语依然启发着我们的思想：“哲学家们只是用不同的方式解释世界，问题在于改变世界。”1848 年，年仅 30 岁的马克思以一个青年人的热情和一个思想家的睿智思考，为共产主义者同盟起草了纲领——

《共产党宣言》。这是马克思主义诞生的标志，第一次全面系统地阐述了科学社会主义理论，指出共产主义运动将成为不可抗拒的历史潮流。马克思一生博学强记，单为写作《资本论》，他就研究了 1 500 多种书籍，记了 100 多本笔记。19 世纪 70 年代，马克思已经 50 多岁了，他感到研究俄国的形势很重要，于是他开始学习俄语。在 6 个月之后，他就达到了能够阅读俄文文章和报纸的程度。马克思不仅仅给我们留下了认识和改造世界的科学方法，更是用他一生的奋斗经历告诉我们一个真正的学者、思想者应有的境界和操守。

他是敢于斗争的典范。马克思给自己的大女儿起名燕妮，继承了她母亲的名字，马克思说过，他最喜欢的名字就是“燕妮”。一次，女儿燕妮与马克思有过一段有趣的对话：“您喜爱的座右铭？”“怀疑一切。”“您的特点？”“目标始终如一。”“您对幸福的理解？”“斗争。”追求真理的道路充满艰辛，通过真理改造世界更是难上加难。马克思首先是一个革命家，他的一生是奋斗的一生，很少有人像他那样满腔热情、坚韧不拔和卓有成效地进行着斗争。他毕生的使命，就是以这种或那种方式参加推翻资本主义社会及其所建立的国家设施的事业，投身于无产阶级的解放事业。虽然马克思一生都在斗争，但他始终是站在广大民众立场上进行斗争，而全无个人私利。他一生中写了很多有战斗性的小册子，发表过无数批判性的文章，但从未针对某个人发表过攻击之词。观点不同可以争论，主义不同可以斗争，但是他尊重每个人说话的权利。正如恩格斯在马克思墓前的讲话：“我敢大胆地说，他可能有过许多敌人，但未必有一个私敌。”

二百年风云激荡，弹指间皆成过往。二百年来，有的人敬您，有的人怕您，有的人歌颂您，有的人憎恨您，却很少有人不知道您。经过了两个世纪，让我们再次走近您，走近您的思想，走近您的情怀，走近您的视野，走近您的精神，走向您为之奋斗了毕生的希望和明天！

有一种精神叫作克罗地亚

二十多年来最精彩的世界杯决赛结束了，克罗地亚队夺得亚军，虽然没能举起大力神杯，但是克罗地亚的传奇已经照耀环宇。

我最早知道克罗地亚这个国家是因为一首钢琴曲——《克罗地亚狂想曲》。此曲旋律激昂高亢，是作曲家马克西姆的代表作，是21世纪新兴的世界名曲。音乐用明快的节奏描述了饱受战火洗礼的克罗地亚在灰烬中重生的画面，恰如克罗地亚足球队顽强的战斗精神，刚强不屈，永不言败。

因为足球的原因，让我有了更多想了解克罗地亚这个国家的意愿，这一了解不要紧，我的心着实被这个国家和民族给感动了。克罗地亚在1991年才独立，至今不过27年。1990年爆发了克罗地亚战争，现在这批球员的父辈们就是当时参与战争的士兵。目前克罗地亚足球队超过 28 岁的球员童年时都经历过战争，他们有的含着奶嘴送爸爸上战场，有的睡过大街，还有的流落到国外成了难民。在那个年代，男人都上前线了，有一个年轻女孩扛起了家庭的重担，她每天的工作就是开拖拉机、除草、挤牛奶，这个女孩后来成为克罗地亚头号女球迷，也就是现在克罗地亚的第一位女总统——科琳达。世界杯决赛结束后的颁奖典礼上，身穿国家队队服的女总统，在大雨中拥抱并安慰着每一个球员，就像一个母亲拥抱从前线打仗回家的孩子，结果已不再重要，孩子回家了一切就好。对克罗地亚人而言，世界杯就是一场国家民族荣誉之战，这是他们向全世界证明自己国家的竞技场。只有经历惨痛战火的人才能理解，别人为足球而足球，克罗地亚是为国家和民族而足球。

克罗地亚是世界足球史上首支经历了预选赛附加赛之后一路过关斩将杀入世界杯正赛决赛的球队。小组赛中，克罗地亚以三战全胜的优异成绩头名出线。淘汰赛阶段，每场比赛都是先落后而后又奋起直追，最终赢得胜利。进入决赛前，有三场比赛都打到加时阶段，通过点球大战淘汰了丹麦和东道主俄罗斯。半决赛中，经过加时赛 2∶1 逆转淘汰英格兰，成功杀入决赛。克罗地亚作为一个只有 400 多万人口的小国，这一路打拼出来的辉煌战绩已经创造了历史。

7 月 15 日晚上，克罗地亚队和法国队为全世界球迷呈现了一场激烈的、高水准的足球盛宴。上次世界杯决赛 4∶2 的比分还是在 1966 年，所以这次比赛是有电视直播以来世界杯决赛进球最多的一场比赛。特别是克罗地亚队，猛打猛冲，毫无畏惧，射门 14 次，控球率高达 66%，传球数超过了法国队 244 次。好几个主力球员都是带伤上阵，赛前外界预测他们首发不会出场，但是为了国家荣誉，这些绿茵英雄悉数登场，而且那满场飞奔拼闯的姿态没有人会相信他们是伤病缠身。这个没有大牌球星的球队，每个人都是英雄，强烈的进取意识、完美的配合和精心的战术设计让他们成为一个超级战斗团队，战力指数堪比好莱坞大片中的“复仇者联盟”。

比球员那种拼搏精神更让人敬佩的是他们的职业涵养。赛后有人对法国队第一个任意球和后来的点球都提出了质疑。法国队第一个进球是靠前场任意球获得的，法国球员格里兹曼被质疑有假摔的嫌疑；至于后来扭转比赛态势的那个点球，很多人认为不该判罚，甚至有人说“这是一个可耻的决定”。但无论有何异议，比赛现场的克罗地亚球员和教练达利奇态度都非常平和，自始至终没有对裁判有任何顶撞，甚至在整个比赛过程中都没有一人对对方球员做出带有发泄性的动作。这是一支高素质的球队，他们身上的东西是一种可贵的足球精神。这与有些球风粗野、态度骄横的球队或球员实为天壤之别。单从这种职业素养来看，克罗地亚队绝对是本届世界杯的第一名。

比赛的全过程，克罗地亚队的主帅达利奇始终表情平静，无论是失球还是进球，他的状态一样的平和。比赛结束后，他走到球场中间，非常绅士地向台上的本国球迷挥手致意，面无悲伤、面无抱怨，眼神坚定有力，挥手之间仍是王者之风。“胸有激雷，而面如平湖者，可拜为上将军。”这句话来形容达利奇是再贴切不过的了。

裁判吹响全场比赛结束的哨音时，满身伤痛和疲惫的克罗地亚球员并没有躺倒在地，没有人哭泣，没有人愤怒，他们聚在一起，像出征前鼓励打气的惯例一样，大家的手臂搭在彼此的肩膀上围成一圈，像是在低头交流着什么，更像一种表明团结一心的仪式。这紧紧抱成一圈的是战友，是兄弟，是打不垮、摧不烂的钢铁集体，正如他们的父辈在战火中相拥慰藉一样：我来过，我战斗过，我为祖国的土地洒下过热血。这是一个真正的团队，令人尊重，令人敬畏的团队。从电视屏幕上看到这感人的场景，我又不禁想起克罗地亚门将让全世界为之动容的一刻。克罗地亚门将苏巴西奇在对阵东道主俄罗斯的点球大战中，三次扑出对方球员射来的点球,成功地将球队送入了八强。克罗地亚球员激动地相拥欢呼,这场球赛最大的功臣苏巴西奇也难掩激动,热泪盈眶。他一边向球场上的球迷致意,一边脱下了自己的球衣。不过,当他脱下球衣后,露出的不是紧致的肌肉,而是另一件标注编号为“24”的球衣,球衣上印着一个青年男子在足球场上驰骋的图片,图片上方还写着“forever”。原来这件球衣上的青年男子是苏巴西奇从前的挚友库斯蒂奇,是和他从小一起捡垃圾长大的好兄弟,也是一个有着足球梦想的男孩,他们曾相约要陪伴对方一起站在更大的赛场上共展风姿。不幸的是,2008 年库斯蒂奇在一次比赛中头部受重伤不治身亡。苏巴西奇悲伤之余,不想让挚友的梦想就此止步,他用整整 10 年的时间终于等来了足球生涯的璀璨时刻。他把印着兄弟图片和球衣号码的衣服藏在自己的球服里,带着兄弟一起经历了无数的赛事。在进军世界杯八强的“生死之战”中,苏巴西奇脱下自己的战袍,让兄弟“亲眼”见证这一伟大的时刻。这是男人和男人的承诺,这是男人和男人的情义!苏巴西奇让我们看到了足球不一样的动人侧面。

2018!克罗地亚!英雄的球队,你们举起了比大力神杯更重的精神之杯。这是一支有温度的球队,这种温度是人性的温度,是人类最高贵品质集合的温度,是人之所以成为万物灵长的原因之所在。有一种精神叫做克罗地亚,你赢得了全世界的敬重,你为足球、为全人类高贵的精神追求立起了一座不朽的丰碑。

假如我是 C 罗

今天早晨，我看微信朋友圈，偶然看到一个有关 C 罗的视频。英俊的 C 罗乔装打扮，戴上浓密的假发和假胡子，穿上厚厚的外套，戴上墨镜，从容貌到身材来了一个“大变活人”。他来到街头，拿出一个足球，在穿梭的人流面前展示他各种高超的脚法，皮球像被施了魔法一般，完全被他的脚尖控制着，做着跳跃、滑行、滚动、静立等各种各样的动作。尽管这位“胡子大侠”的球技高超到匪夷所思、出神入化的程度，但路边的行人很少驻足观看，往往是匆匆瞥上一眼就冷漠地走开，仿佛看到的只是一个在杂耍的儿童或者是路边的乞丐。即使被 C 罗拉过来一起踢球的路人，也是礼貌地互动了两下就立刻离开了，没有人在乎他的球技，只是一个路人在街头玩耍而已。当 C 罗当着一个男孩的面慢慢撕掉胡子，摘下墨镜和假发，他被认出来了，孩子尖叫起来，看到他的路人也尖叫起来，只经过了几十秒，C 罗身边就围满了人，大家争相拿出手机拍照，躲在附近的工作人员连忙上前维持秩序，工作人员如一群保镖一般帮 C 罗在人群中疏通了一条道路，C 罗微笑着离开了。近一个小时街头卖力地展示绝技，几乎无人理睬，当摘下道具的一瞬间，巨星的光环出现了，前呼后拥，人流如潮。原来，一个超级球星能折服路人的，不是精湛的球技，而是那张被大家熟知的脸。

C 罗变成了“路人”就平凡得像只蚂蚁，那如果平凡的人摇身一变成了 C 罗会怎么样呢？我不禁脑洞大开，浮想联翩……

假如我是 C 罗，年收入 9 300 万美元(6.3 亿人民币)，我已经完全实现财务自由了，想踢球就踢着玩玩，不想踢球就全世界玩玩，凭着已经有的名气和财富，这一辈子已经够享用的了。喜欢被人欢呼追捧就故意到闹市区走走，想享受安静时光就租个英国的古堡度度假，拉菲一定要喝 82 年的，雪茄一定要哈瓦那的，涮火锅一定要东来顺的铜锅加上张家口的鲜羊肉，噫，这才叫生活嘛。

假如我是 C 罗，我再也不想像个时钟机器一样生活。从 12 岁开始就每天坚持锻炼身体，早上不能睡懒觉，晚上不能熬夜，更别说逛夜店，吃夜宵了，那就是做梦。日常力量训练负重达到 22.4 吨，相当于 16 辆丰田普锐斯汽车重量的总和，换成搬运工每次搬运 100 公斤的重物，得有 224 次。我要改变我的生活，我要像同龄人一样享受青春的“尾巴”，通宵达旦地畅饮，放飞自我地高歌，噫，这才叫青春嘛。

假如我是 C 罗，我要从一个忌口的球星转型做美食家，我厌倦了每天的素菜沙拉、白煮鸡胸肉和白开水，想一想要身体脂肪含量保持在 7%，比职业模特还要低，那日子真是恐怖啊！我可以吃一点神户牛肉吗？我可以吃一点泰国鱼子吗？我可以尝一尝一种叫佛跳墙的东西吗？对了，听说还有一种超级大餐叫做“青岛大虾”，我一定要去吃一下。哎呦，为什么是尝一尝呢，就不能放开了吃吗？人一辈子就那么几十年，要对得起自己呀。别什么都管着我，我已经 33 岁了，不再是小孩子了，我要一种自由的生活，想吃什么就吃什么！噫，这才叫食物嘛。

假如我是 C 罗，我再也不要为了追求什么所谓的优秀而放弃生活的乐趣。“双十一”那么刺激，我都没去赶赶热闹；用“陌陌”那么摇一摇就能有美丽的邂逅，好神奇哟；“王者荣耀”那么火爆，我居然还没玩过，出门都不好意思跟别人打招呼，赶快选一个“嬴政”练起来……噫，这才叫有意义的生活嘛！

一顿脑洞大开之后又回到现实中来，我就纳闷了，C 罗的生活有意思吗？或许 C 罗真的见到我也会问：你的生活有意思吗？在一个人人追求成功，人人渴望成功的时代，大家都在玩了命地追梦，有时却自己都没办法回答自己：你要的成功是什么？你要的生活是什么？没有钱的人渴望财富，有了财富的人向往权力，一旦拥有权力又追求名望……当这些都有了，往往自己就不再像自己了，人被数不清的事务架起来，要应对各种各样的人，处理各种各样的情况，不堪重负却又无法回头。这时候常常开始感慨，还是自由自在的生活好啊，不用操那么多心，不用管那么多事，甚至看到路边散步的大学生、小情侣都羡慕万分，他们多么幸福呀！而路边的年轻人也把羡慕的目光投向了他的高级轿车，心里暗想：什么时候咱们也能有这么一辆车就好了。

我不知道 C 罗每天在高强度的体能训练和单调、乏味的营养餐之后，还不得不按时睡觉的时候，心里在想些什么。作为一名球员，他是成功的，甚至可以说是伟大的，但他的成功正是因为他放弃了很多在别人看来是司空见惯的快乐。他的生活像一种修行，不是僧侣，但也有很多“戒律”。他有如山的财富，却不能有一点挥霍，不仅仅财富不能挥霍，就连自己可支配的时间都不能挥霍。C 罗用他的故事告诉世人，青春是用来奋斗的，不是用来享受和挥霍的。

从 C 罗的身上，我看到了一种可贵的精神，一种在很多优秀人物身上都有的精神，一种工匠精神。我是一名球员，我就竭尽全力把球踢好；我是一名医生，我就尽心尽力把医术练精；我是一名教师，我就踏踏实实地教书育人；我是一名记者，我就实事求是地报道新闻；我是一名技工，我就认认真真地打磨每一个零件；我是一名商人，我就凭着良心挣每一分钱；我是一名法官，我就自始至终地维护正义；我是一名消防员，我就义无反顾地奔向火海……追求卓越未必每个人都能实现，做最好的自己，每个人都可以。假如我是C罗，我会继续踢下去，尽管生活如修行一般，尽管每一天都有那么多"清规戒律"，我依然要坚持。不为别的，因为我是C罗。我希望将来有一天，在一本讲述足球历史书的第一页，上面写着贝利跟马拉多纳，之后就是我的名字。

第二篇章 戎马关山

征程两万里，戎马十九年。从东北，到华北，到华东，到东南，在祖国版图东部从北到南划了一道美丽的弧线。一年一度春风过，不让岁月叹蹉跎。本篇章摘选了笔者军旅生涯期间撰写和发表的杂文、言论、读后感、影评、人物专访等，传承红色基因，追寻前辈足迹，高唱主旋律，弘扬正能量，从多个角度诠释革命军人的思想底色。

你的九十年和我的十九年

从1927年南昌起义到2017年改革转型，人民军队走过了90年的辉煌历程；从1998年考入军校到2017年华丽转身，我的军旅生涯走过了19年的峥嵘岁月。

你的90年，风雷激荡，波澜壮阔；我的19年，峰回路转，波澜不惊。你的90年，是见证了中华民族从觉醒到振兴的90年；我的19年，是见证了人民军队从求索到跃升的19年。你的90年，浩如烟海，多少英雄传奇凝铸其中；我的19年，弹指挥间，多少未竟的心愿依旧伴梦前行。

伟大的中国人民解放军，我有幸陪您走过了90年风雨征程的五分之一。这19年没有经历战火与硝烟，对国家、对人民而言是一种福祉，同时也是人民军队坚强柱石作用的体现。但对个人而言，没有经历过战火洗礼的军人，算不上一个真正的军人，没有用生命和鲜血见证过的忠诚，无论多少成绩堆砌、何种荣誉点缀，我总感到略显苍白。多少个夜晚枕戈待旦，梦里全是冰河铁马，军人的血是滚烫的，随时准备接受祖国的召唤。

19 年来，我最欣慰的是自己能够尽心尽责，没有辜负每一个岗位，没有虚度每一段时光。当学员时是优秀学员，当军校教员时是优秀教员，当一线带兵人的时候是优秀共产党员，当政工干事时是优秀机关干部，当军区机关参谋时是优秀参谋，当政治部门主管时是优秀党务工作者。参加过世博安保维稳工作，参加过长江大堤决口抗洪抢险，参加过南京市雨雪冰冻灾害抢险救灾任务，四次参加大项军事演习，曾连续两年荣立三等功，两次被提前晋升职务，一次受到总参谋部首长的接见。19 载光阴弹指一挥间，至今仍记得 1998 年 10 月 28 日入伍宣誓的那天，我戴上军衔成为一名正式的军人，一个人兴奋地跑到大操场上，向着太阳敬了一个标准的军礼。

19 年来我最遗憾的是没有亲历战火，没能在血与火的考验中证明军人的忠诚。90 年来，党领导的人民军队有过很多光辉的名字——红军、八路军、新四军、中国人民解放军，那一代代穿着蓝色、土黄色、草绿色、橄榄色等各种颜色、各种式样军装的军人，有着同样的理想，有着同样的灵魂，有着同样的信念，有着同样的忠诚。这些人，是中国几千年历史上最有纪律性、最具献身精神的人，他们战胜了无数看似不可战胜的敌人，克服了无数其他人无法克服的困难，在天地间书写了大写的“人”字，在各种敌人面前打出了我们的硬气和骨气，在世界舞台上为中国人争得了有尊严的一席之地。在长达几十年的革命与斗争中，人民军队付出了巨大的牺牲，也正是有了他们的牺牲，才有了中华人民共和国，有了西方列强再也不敢武力侵犯我国一寸领土的巨大转变，有了今天人民幸福安定的生活和中华民族划时代的伟大复兴。战火中走来了无数英雄，有名的、无名的，数得清的、数不清的，你们来过，战斗过，牺牲过，但从来没有离开过。十万大山屹立，都是你们的丰碑，这 960 万平方公里的土地就是你们精神永生、英魂不灭的千年根基。

19 年来，我最荣幸的是在自己的军旅生涯中遇到了很多良师益友，让我自己不断锻炼成长，也让我见证了一代军人的芳华。

在我第一个工作岗位南京陆军指挥学院军事理论教研室，有一位享誉军内外的军事理论专家——韩嘉和教授。韩老 28 岁的时候就当上了作战部队的团参谋长，发展形势一片大好。上任不久，他就到当时的南京军政干校（即后来的南京陆军指挥学院）深造，期间正值学校发展扩大之际，缺少教学人才，韩老被学校领导看中，想让他留校任教。这是一个关键的抉择，28 岁的团参谋长，刚刚又进行了深造，回到部队正是大显身手的时候，以后当上将军是很有希望的。留在学校任教，与黑板和书本打交道，将军梦估计就难以实现了。在个人的发展和组织的需要面前，他坚定地选择了后者，留在了这片哺将育英的沃土上。为部队培养更多优秀的人才，为共和国培养更多未来的将军，这也是一名军人价值的体现。韩老这一干就是 32 年，他潜心研究军事理论，成了全军知名的孙子兵法专家。几十年来，他为上万名部队中层干部讲授过军事理论课，用他的知识和才华感染教育了很多学员，他教过的学生中当上将军的就有数百人。从韩教授身上，我读懂了什么叫做“春蚕到死丝方尽，蜡炬成灰泪始干”。

2008 年，在人生的而立之年，我遇到了军旅生涯中最重要的伯乐，当时的南京军区司令部机关处长余自增。他在大项军事演习活动中认识了我，并把我选调到南京军区司令部机关工作。首长参过战，戒过严，抗过洪，有着丰富的部队工作经验和机关工作经验。首长是一名标准的军人，他谦虚低调、平易近人，又正气凛然、不怒自威，平时话语不多，但工作中的每一句话都关切重点，生活中的每一句话都温暖人心。我在余处长身边工作了七年，七年中，他从处长提升为副部长、部长，从正团调到正师。七年中，首长给了我太多的言传身教和无微不至的关怀，让我受益终身。首长是一个工作达人，任何工作只要接手就要做到最好。他当战士的时候，在团里手榴弹投远的记录无人能破。当干部后，在军里参谋比武是第一名。调到军区机关工作后，工作非常出色，很快就当上了处长。当处长期间，他工作兢兢业业，“白加黑”“五加二”，每天都工作到深夜，没有节假日，没有星期天，带着全处同志高标准地完成了许多紧急任务和大项工作，为整个机关树立了典范。当了部长之后，他既抓事业，又抓队伍，用他的思想力、执行力和感召力把所属部队全面建设推上了历史的新高度，干成了很多前人没有干成的大事，赢得了军区首长、部队、群众的一致赞誉。从首长身上我读懂了什么叫做“为有牺牲多壮志，敢教日月换新天”。

在我军旅生涯的同龄人中，我遇到了一个值得敬重的兄长，他叫潘军海。只要认识他的人，都会被他的热情和真诚所感染，被他的才思和学识所折服，被他的坚持和执着所打动。潘兄是个文化人，做过老师，才学渊博，喜欢结交有修养、有思想的人士。潘兄曾经是个成功的商人，2001 年读研究生的时候就在南京搞起最早的一批培训机构，《南京日报》整版地做宣传，生意做得风生水起。潘兄一生最重要的转折应该就是弃商从戎，研究生毕业后放弃了蒸蒸日上的培训事业，从军入伍，走进了热火朝天的军营。潘兄是个有梦想、有情怀的军人，他对部队的未来有着自己的憧憬，对军人的职业有着由衷的热爱。作为一名部队的政治工作者，他无疑是最优秀的行列中的一员。带兵带在心上，爱兵爱在心上，他是这样说的，更是这样做的。集合、开会、上课、餐前饭后的业余时间，他不失每一个时机对官兵进行正面的思想引导，从他口中讲出来的，永远都是正能量的声音。他能记住身边每个战士的生日，他用自己的工资帮助家里有实际困难的官兵，他为官兵的家属编了一本名为《我的母亲》的小册子，用无声的话语做好家属的思想工作。他对自己的要求是极其严格的，每天两件事从不间断，就是坚持健身和坚持读书。十几年来他做的读书笔记堆起来已经超过两米高了。他是个严格自省的人，每天坚持写日记，记下自己的思考、收获，反思工作和生活中的不足。我曾对他说他身上有种曾国藩的风范，他却笑笑说："我只是个小学生。"他对部队的情怀更多地体现在那份坚守上。部队工资不高，工作压力却非常大，在地方做生意的弟弟多次劝他早点离开部队，像他一样多挣钱、多享受生活，何乐不为呢？有时候看着身边的同事一个个提升了，他自己还在基层带着兵，妻子也会劝他，别干了，早点回家，照顾照顾孩子。他也曾在宁静的深夜里躺在床上，反复考虑着到底要不要继续在部队干，但当早晨起床号吹响，战士们响亮的口号声震彻山谷的时候，他又会像充满了电一般，和战士们一起飞奔在操场上。这世界上总有些人一直在坚持他们的梦想，这操场的跑道和那蜿蜒的山路对他们来说就是一条洒满晨光的强军之路。从军海兄弟身上我读懂了什么叫做"咬定青山不放松，任尔东西南北风"。

还有很多我身边的战友，同班的兄弟，他们的经历、他们的事迹让军旗增辉，让人生出彩。我的同学潘刚，在汶川大地震抢险救灾任务中，担负了首批跳伞进入震中区域的重任，这是生与死的考验，他们第一时间空降到没有任何信号输出的震中区域，成为名垂史册的15勇士，得到军委主席的亲自接见；我的同学赵云，参加了南海永暑礁填海工程，在领海主权争端频发的特殊历史时期，在中国南海打造了一艘永不沉没的航空母舰；我的同学包建喜，于中印边境洞朗地区军事对峙的敏感时期，被派驻到洞朗一线，在雪域高原捍卫着祖国领土的尊严；我的同学姜晨波，参加纪念建军90周年的朱日和沙场大阅兵，在漫天尘沙中奋战了3个多月，亲历了军旗飘扬最为威武荣光的时刻——我为我的战友而骄傲，我为我的兄弟们而自豪！我敬佩你们在关键时刻能够挺身而出，义无反顾，我羡慕你们能够有机会让青春抛洒，证明自己也是条真的汉子！

在南京溧水有一个大金山，那里坐落着全国第一个完全由个人投资建设的国防基地，基地的创建者张勇也是一名老兵。他曾经在陕西当兵，他所在的连队参加了对越自卫反击战，很多人牺牲在老山前线。张勇说，跟那些上了战场没能回来的战友比，跟那些从前线回来负伤致残的战友比，他是幸运的，他非常知足。他只想为部队、为国家和社会能再做一些有意义的事，于是退伍回南京后他就只身来到当时还是一片荒芜的大金山，自己动手要在这里建一个国防园，让更多的人能够在此增强爱国情怀和国防意识。他扎根大山二十多年，通过艰苦的努力，在社会各界的支持下，终于建成了颇具规模的国防基地。我与张勇是好朋友，2017 年我转业之后他邀请我到大金山作客。我们畅谈了一下午，张勇告诉我他现在有两个大的心愿：一是在他 60 岁生日的时候，把老部队还活着的，能走动路的战友全都请到大金山，共同回忆一下当年的激情岁月；二是组织几个志同道合的人，沿着红军当年的路线，重走长征路，设身处地地感受一下前辈们的创业艰辛，感受我们人民军队的伟大。我当场表态，重走长征路，算我一个，我们同行。就这样，我们相约一起去探寻英雄的足迹。

时间可以成为历史，精神却不会成为过去！我和千千万万当过兵的战友身上都已铭刻下军旅生涯深深的烙印。军旗猎猎，战鼓催征！这是一支人民的军队，这是一支人类历史上从未有过的如此崇高、如此纯粹、如此有战斗力的军队，我们的名字叫做中国，我们的名字叫做人民，我们的名字叫做解放军！

读习总书记三部早期著作有感

《摆脱贫困》《之江新语》《干在实处走在前列》是习总书记三部早期著作，每次拿来学习都有新收获，都有新感悟。

学习中我不由地联想到了毛主席在井冈山革命时期写的三部著作：《中国的红色政权为什么能够存在》《井冈山的斗争》《星星之火，可以燎原》。两位统帅，在各自的时代用他们的慧眼望穿未来，用他们的巨笔指点江山。我感到，两位统帅早期著作有三个共同点：一是创造性地用马克思主义基本原理解决中国重大的现实问题。毛泽东在革命战争年代，结合中国半殖民地半封建社会的特点，总结前期武装斗争的经验教训，提出了建立农村革命根据地，农村包围城市，武装夺取政权的正确道路；习总书记在社会主义建设时期，结合新时代改革开放的伟大实践，对贫困地区、发达地区如何搞好社会主义建设不断探索发展，实现了理论与实践相统一的与时俱进。二是都有敢为天下先的责任担当。毛泽东三部著作是在中国革命处于低潮时所写的，他让困惑中的人们找到了方向，让迷茫中的人们拥有了力量，在革命陷入低谷时他以无比的豪情和自信预言了胜利的到来；习总书记的三部著作是在改革开放期间写的，在全国人民都在追求社会财富的增加和 GDP 的提升时，他卓有远见地提出了既要金山银山，又要绿水青山，既要凤凰涅槃，又要腾笼换鸟，既要经济大合唱，又要"八八战略"，言他人所未言，开时代之先河。三是都孕育了科学的思想体系。井冈山的三部著作，是毛泽东思想的开端，后来的论持久战、矛盾论、实践论、论联合政府等一系列重要著作标志着这一伟大思想体系的不断丰富和最终形成；习总书记的三部著作是其系列治国理政思想的源泉，"四个全面"战略布局、"一带一路"建设、"三严三实"要求等等，这些重要思想都与这三部著作一脉相承，密切相关。

学习总书记讲话，最关键的还是要能够从中学到思想和方法，最终在工作中落实下去，学以致用，有所收获。结合部队政治工作实际，我感到从三部著作中可以学到六种工作方法。一是九分调查，一分决策。习总书记强调，没有调查就没有发言权，更没有决策权。他搞调查，海纳百川，从善如流；他做决策，登高望远，坚定果断。做好政治工作，要把调查研究作为基本功，要深入实际，问计于官兵，问需于官兵，全面掌握情况。特别要善于针对官兵思想实际做工作，加强思想政治工作的针对性、有效性，切忌隔靴搔痒、胡乱弹琴。二是一分部署，九分落实。习总书记要求抓落实必须言必行，行必果，认为不务实、不落实，再好的蓝图也是镜中花、水中月。作为政治机关，落实力是最重要的能力，能解决问题才叫有能力。要真抓，踏石留印，抓铁有痕，雷厉风行，事不过夜；要常抓，贵在坚持，胜在持久，不能因难、因小、因久而不为；要有效抓，分解任务，责任到人，按责办事。三是政贵有恒，钉牢钉子。习总书记要求树立功成不必在我的理念，多做打基础、利长远的事，一张蓝图干到底。思想政治工作很多都是经常性、基础性工作,比如基层建设、党员队伍建设、干部队伍建设、经常性思想政治工作等等,“抓经常打基础”一刻也不能松动,既要三年就干一件事,又要认真做好每件事。四是抓纲带目,十指弹琴。习总书记强调,要学会统筹兼顾,在统筹兼顾中突出发展重点。军事工作是中心,政治工作是首位,政治机关的重要职责就是抓首位与中心的融合,同时统筹好各项业务工作。理论武装是首要,思想教育是抓手,队伍建设是支撑,作风建设是保证,宣传报道是形象,内外稳定是基础,政治工作的方方面面要形成一盘棋,拧成一股绳,统筹好工作节奏和各方关系,为单位全面建设发展提供有力保障。五是蹄疾步稳,有序推进。习总书记强调,做工作要平心静气,小心翼翼,把握好时机、节奏、力度,坚持全局和局部相配套、治本与治标相结合、渐进与突破相促进。政治工作,特别是思想工作,是个动态的过程,因此在工作中特别要讲方式方法。要具体问题具体分析,因人、因地、因时、因事制宜,分类来抓;要有计划、有步骤、有布置、有检查,连续来抓;文武之道,一张一弛,该紧就紧,该放就放,有效来抓。六是打团结牌,搞好协调。习总书记强调,团结是党的生命,不团结什么事也干不成。懂团结是真聪明,会团结是真本事。那些“孤家寡人”、包打天下的“超人”是不能长久的,只有靠“众人拾柴”“三个臭皮匠”之力,靠大家帮衬,工作才能做好。政治部门作为党委的秘书处,要当好上下级之间的桥梁、部门之间的纽带,同时在军政、军民联系中当好推进剂、润滑剂。通过政治力增进团结力,通过团结力强化战斗力,内部团结紧密,军民团结有力,我们的队伍就会战无不胜。

论“马上就办”

习总书记提出的“马上就办”精神，是改进作风，提高工作效率的重要遵循。“马上就办”虽然只有四个字，但本质内涵却非常丰富，这源于坚定自觉的政治素养，体现了有令必行的执行意识，彰显了高度负责的工作态度，呈现的是简捷高效的工作模式，给机关工作提供了有力的思想武器。

“马上就办”是一种精神状态。要有强烈的事业心，自觉强化政治意识、命令意识、执行意识，心中永远装着工作，心中永远装着集体，心中永远装着群众。要有坚决落实的工作态度，接受任务没有二话，加班加点毫无怨言，落实工作不搞变通，执行命令非常坚决。要有昂扬向上的心态，保持乐观阳光的状态和积极进取的意识，勤奋敬业，乐于奉献，在个人利益与集体利益发生冲突的时候，能够自觉舍小家顾大家。

“马上就办”是一种优良作风。“实”字当头，务求实效。讲求办实事、求实效的思想作风，不喊口号，不讲空话，认认真真抓工作，扎扎实实办实事，真正做到务实、踏实、落实。“快”字当先，紧抓快干。今天再晚也是早，明天再早也是迟。突出雷厉风行、果断行事的工作作风，筹划快半拍，落实快一步，闻令而行，闻风而动，不拖拉、不推诿、不误事，做到案无积卷，事不过夜。“细”字当前，严丝密缝。做到认真仔细，一丝不苟，不忽视任何一个细节，调查研究、承办事务、处理问题都要通盘筹划，考虑周全，点滴入手，反复考量。

“马上就办”是一种责任担当。要善于按政策办事。“马上就办”不等于没有原则地办，毫无章法地办，必须要有很强的政策法规观念，凡事都要有政策依据，凡事都要联系实际，切忌情况不明决心大，拍脑袋决策。要勤于为基层服务。把群众的需求当作工作的导向，把基层的事当作头等大事来抓，基层有困难，第一时间行动，群众有痛痒，第一时间反应。要敢于对工作负责。岗位是责任的平台，对工作负责，就是对党负责、对事业负责、对单位负责、对他人负责，要不怕困难，迎难而上，遇到矛盾不回避，遇到问题不绕道，把工作举过头顶，把问题扛在肩上。

“马上就办”是一种工作标准。必须有创一流的标准，对待任何一项工作都力争干到极致，坚持工作的高起点、高质量、高标准，释放自己全部的正能量。必须有干工作的方法，一事当前，要善于统筹，能够准确定位，分出轻重缓急，找准抓手，关键环节用力，做到忙而不乱，有条不紊。必须有抓落实的能力，能力素质是迅速圆满完成任务的支撑，要通过学习和实践开阔视野、储备知识、积累经验，提高适应新情况、解决新问题的能力，努力办好上级交办的事、本职应做的事、群众满意的事。

抓工作落实要做到“四讲”

机关就像一台大机器，其运行有程序，有规律，也有科学。机关干部要发挥好参谋助手作用，就要努力用优化的工作流程办事，抓好每一个环节落实的闭合回路，力争把工作做到极致，具体要做好四条：

一是请示工作讲方案。请示工作前须拿出成熟的方案，做到“成竹在胸”。要准确把握上级党委、机关的文件、电报、指示精神和相关的政策法规，对上级的意图要把握准确、领会透彻。同时，要及时、准确、全面掌握了解本级和下属单位的相关情况，只有这样，拿出的方案才能不偏离党委领导的意图，真正符合单位实际。要注重调查研究，提倡“九分调查、一分决策”的工作原则，深入基层、深入实践去摸索方法和路子，学会“解剖麻雀”，从而使拿出的方案更有针对性和操作性。要超前思维，快半拍思考，充分料想各种可能情况，提出一系列备选方案，向领导请示工作拿出的方案要是“选择题”，不要让领导做“问答题”。

二是部署工作讲标准。部署工作既要纲举目张，又要有的放矢，要真正做到任务项目化、项目目标化、目标节点化、节点责任化。要盯着全面建设做工作，要盯着存在的问题做工作，要盯着每一个任务节点做工作。计划方案要有可行性，要有全局眼光和长远眼光，所提要求要符合客观现状，不能脱离实际，好高骛远。要充分预测和设想可能遇到的困难，了解工作对象当前的任务和重点工作，不能只顾交代任务，造成工作上的忙乱和疲于应付。部署工作要有周密完善的计划，制定具体的任务清单、责任清单和完成工作的时间节点。如果工作标准不清、要求不明，甚至朝令夕改、反复调整，工作就会打乱仗。每布置一项工作都要说清原因、意义、时间、人员、内容、方法、检验标准，做到条理清晰、目标明确。

三是汇报工作讲结果。汇报工作必须讲重点，讲上级领导想知道的事、最关心的事。汇报时要有逻辑性，不能眉毛胡子一把抓，讲到哪算到哪。汇报前打好腹稿，先定好框架，依次有条理地进行汇报。结果思维是第一思维，要首先说结果，再说经过，这样汇报就简明扼要，节省时间。要善于挖掘，善于归纳，善于总结亮点。时间允许或者领导有进一步了解的意愿时，可以有条不紊地汇报工作的做法措施、关键环节、遇到的问题、处置的结果、收到的成效等内容。但即使展开汇报也切忌冗长，要注重用数据说话、用事例说话，不说空话、套话和无关主题的话。汇报工作中遇到的困难和紧急问题时，要做到少而精，能够讲清事情的关节点和最新动态。

四是总结工作讲反思。总结是抓一项工作闭合回路的重要内容，每完成一项工作都应该对工作成效和工作过程中的问题进行检讨式反思。总结反思关键在于正视问题、直面矛盾，要牢固树立发现问题是能力、解决问题是政绩的工作导向。通过对每一项工作、每一阶段工作进行理性思考，真正总结出指导单位建设的一些规律性东西。对于发现的问题要开门见山，一针见血；对于存在的隐患要追根溯源，深挖一锹；对于一些经验性的成果要举一反三，善于推广。切实通过总结剖析原因，寻找对策，明确下一步的努力方向。特别是要及时归纳工作中的教训和得失，形成备忘录，建立完善数据库，为今后同类工作的开展打下基础。

吃苦是军人的一种境界

我国著名学者王国维在《人间词话》中说到，写作有三个境界，这三个境界是不断求索、苦尽甘来的过程。每个人的军旅生涯和作家的写作道路有异曲同工之处，也是一个吃苦的过程，也有三种境界。

第一种境界：甘于吃苦，适应环境。甘于吃苦是军人的优秀品质，更是对军人的基本要求。由于部队工作的特殊性质，从走进军营的那一天起就要经常面对很多压力，严格的训练和艰苦的生活往往令初进军营的新兵感到不适应。困难与压力，在消极的人眼里就会变成一种无形的阻力，而在积极的人眼里就是一种前进的动力。同一个问题，从不同的角度看就会产生不同的效果。“井无压力不出油，人无压力轻飘飘”，只有重压之下，才能出勇夫，才能出栋梁。改变不了环境，可以改变自己；改变不了现实，可以改变态度；

改变不了过去，可以改变现在。新兵要积极地适应部队的环境，甘于吃苦，勇于奉献，把精力投入到火热的军营生活中，把每一次训练和执行任务都当成是锻炼，不断增长自己的才干。

第二种境界：乐于吃苦，接受磨砺。当兵不是为了吃苦，但当兵一定要吃得起苦。吃苦是军营生活的必修课，与其被动地吃苦，不如正确对待，享受这样的过程，在战胜各种困难中寻找乐趣。军人良好形象的塑造，需要经历一点一滴的养成之苦，需要经受一言一行的约束之苦；军人使命任务的履行，需要经历能力素质全面锻造的艰苦过程，需要经受各种艰难困苦的现实考验。要真正完成向一名合格革命军人的转变，就要真正做到以苦为乐，乐于吃学习之苦、训练之苦、生活之苦，从日常训练的一次次努力中找到生活的充实感，从思想认识的一次次提升中找到人生的满足感，从考核比武的一次次超越中找到事业的成就感。这样，新兵生活的辛苦便成了生活的乐趣，成了军旅生涯最难忘的回忆。

第三种境界：主动吃苦，超越自我。毛主席讲过，“人总是要有点精神的”，革命军人就要埋头苦干，知难而进。部队生活是艰苦的，可以说，往往是超出了许多人参军前的想象。可就是在这艰苦的环境中，才能培育出乐观向上的精神，磨炼出顽强的毅力，生成勇敢的精神。主动吃苦是一种境界，是一种不断超越自我的精神追求。要向自身挑战，自我加压，通过努力弥补自身存在的不足，坚决迎头赶上；要向意志挑战，主动克服畏难情绪，磨炼坚韧不拔、勇猛顽强的意志品格；要向极限挑战，咬紧牙关，应对体力和精神的极限，把每次超越都当作是重生。通过自觉地在苦中磨炼、在苦中成长，使自己真正成为一名合格的、大写的军人。

霓虹灯下的沉思

时间可以成为历史，精神却不会成为过去。小时候，一部电影在我幼小的心灵中播下了一颗绿色的种子。光阴飞逝，这颗种子如今已经长成一棵参天大树，当初的少年也已成为一名军校大学生，而那部名为《霓虹灯下的哨兵》的电影，我至今仍记忆犹新。今天，我有机会来到上海，于是便迫不及待地赶到了南京路，想看一眼曾经给了我绿色梦想的“好八连”。终于，在霓虹灯的辉映下，我看到了他们的身影，而这身影又引起了我深深的思考。

霓虹灯下，我们的哨兵沉默无语，但他的沉默告诉我们，选择了奉献比追求自我价值更加崇高；霓虹灯下，我们的哨兵目光坚定，他的眼神告诉我们，选择了人生的方向比选择了发展速度更为重要；霓虹灯下，我们的哨兵面含微笑，他的微笑告诉我们，选择了为祖国奉献青春是他人生无上的光荣、最大的骄傲。三尺岗台陪伴着哨兵观看着风霜雨雪，度过了春夏秋冬。这里没有花前月下的浪漫温情，这里没有狂歌劲舞的奔放青春，这里没有投身商海的叱咤风云，但这里有着军人对祖国的承诺。播下一颗忠诚的种子，便是一片奉献的绿荫，留下一个挺拔的身影，便是一份不变的豪情。军人，当你在军旗下庄严地举起右手，便注定要与共和国的尊严同行。

每一个军人都是军旗上的一根纤维，鲜红的军旗上也铭刻着每一个军人的姓名。千千万万革命军人书写了我们这支人民军队的历史，不同时代的军人用不同的方式诉说着自己对祖国母亲的眷恋。当黄继光用自己的胸膛挡住敌人喷火的枪眼时，我们懂得了什么是军人的忠诚；当雷锋用自己平凡的事迹将一个中国军人的名字推向世界时，我们懂得了什么是军人的奉献；当李向群倒在战友们用胸膛筑起的大堤上时，我们懂得了什么是军人的追求。

我眼前的霓虹灯勾勒出这座不夜城的轮廓，而霓虹灯下哨兵伟岸的身影更是一种无言的诉说。透过霓虹的灯光，我仿佛看见千千万万伟岸的身影正阔步走来。紫荆花下的身影，那是东方之珠的风景；天安门前的身影，那是排山倒海的豪情；大洪水中的身影，那是坚强不屈的生命；神仙湾上的身影，那是大漠孤烟的磅礴，是长河落日的争鸣。霓虹灯下的哨兵，你是否也用自己的身影，向我讲述一个军人的价值？马克思曾经说过："军人不生产任何产品，但是军人生产和平。"那么，作为和平时代的军人，我们的人生价值又是什么呢？

此时，我想到了我身边的一位老教授，他的名字叫张贺喜。1969 年冬天，张教授突然得了一种怪病，这种被医学界称为"不死之癌症"的顽疾整整折磨了他三十多年。得了这种病，连抬头、抬胳膊都非常吃力，而且全身各大关节都疼痛无比。而我们这位老军人、老党员硬是一咬牙，硬撑了三十多年。三十年中，老教授呕心沥血，组织领导并独立完成了十几项在全军有重大影响的科研成果。但又有谁知道这些成果是多么的来之不易！为了最准确地掌握机器在低温和高温环境下的工作特性，张教授把实验的时间选择在每年最冷和最热的季节。冬天，他裹着大衣，在漫天大雪中一待就是半宿；夏天，他顶着酷暑，在样机边一挺又是好几个小时。曾经多少次，他病痛交加，昏倒在机器旁，而醒来之后，他又继续做起了试验。由于过度疲劳，张教授的病常常发作。领导们实在看不下去了，多次劝他放下手头的工作："老张啊，身体要紧啊，你可不能拼命啊！"张教授却笑笑说："我身体残废了，但意志不能残废，我的脑子还能为教学研究做点贡献呀。"这就是一名普通军人的心声，这就是一个真正军人的价值。

在南京路的霓虹灯下，我从沉思中回到了现实。哨兵仍旧巍然屹立，而闪烁的霓虹就仿佛一双双注视他的眼睛。朋友们，这就是我们的军人。他们的爱是一首无字的歌，他们的情是一团燃烧的火，他们的意志是一根擎天的柱，他们的智慧是一条奔腾的河。就在这些普通、平凡的形象里，我一次又一次地掂量着自己心中的使命；就在那些可歌可泣的事迹中，我一次又一次地校正着自己脚下的路程。终于我从战友们的身上升华了对军人的认识，因为军人本身就意味着奉献和牺牲。他需要我们流淌所有的智慧，他需要我们燃烧全部的赤诚。也许，前方没有鲜花，也许，身边没有掌声，但我们的青春无悔，生命无悔！因为祖国的辉煌中已融进了人民军队的奉献和忠诚！

走进来是铁　走出去是钢

如果说军校是一座大熔炉，那么，每一个走进军校的热血青年都是一块坚实的生铁，经过军校的锻炼、锤打，从这熔炉中奔流而出的则是沸腾的、赤红的纯钢。

1998 年，我怀着无比激动的心情迈入了当时装甲兵的最高学府——装甲兵指挥学院。光阴荏苒，转眼四年的军校生活即将结束。如果说军校生活带来了什么，我想是对精神的一次洗礼，对潜能的一次释放，对大脑的一次充电；如果说军校生活改变了什么，我想改变的是处世的环境，而不变的是一颗诚挚的心和求知的欲望。

我们就读于军校，就像一张张软盘，从军校这台大计算机上拷下知识和精神。四年的时间是有限的，而我们该做的就是把我们感受到的军魂抓紧时间拷下来，然后再用一生的时间去解压缩。我们不断地学习，给大脑充电，使自己成为有着时代精神和先进知识的现代军人。学习物理学，我们明白了，现在没有条件花前月下，不要紧，万有引力定律告诉了我们，吸引别人最好的方法是充实自己；学习了军事地形学，我们知道，军队是条河流，只有不断地继承传统，不断地发扬传统，才能使这条河奔流不息；学习了军事运筹学，我们知道，每一个军人都是军队的一个样本，所以我们要时刻牢记，自己就代表着中国军人的形象。

宝剑锋从磨砺出，梅花香自苦寒来。经过了四年的锻炼和准备，今年4月8日，我们终于迎来了那次太行山深处进行的军事演习。在八路军曾经战斗过的土地上，我们新生代的军校大学生驾驶着国产最先进的装甲车辆，纵横驰骋，扬尘于太行，扬威于四方。演习的最后阶段是连续五天的千里行军。这时的我们早已疲惫不堪，脚上都挤满了血泡。行军马上就要开始了，此刻，一位头发花白的将军来到了演习现场，那正是我们的院长——蓝俊少将。蓝院长用他数十年军旅生涯练就的铜钟般的嗓音对我们说："同志们，只有走完了这段路，你们才有资格成为一名真正的军官。我在学校等待着你们！"随后，他大手一挥："前进！"于是我们高举红旗，向着太阳升起的地方出发了。一路上我们迎风沙、斗酷暑，幕天席地、风餐露宿。奔袭的途中，有的战友昏厥过去了，我们就五个人抬起他往前冲，看着这胜似兄弟之情的手足深情，我们洒下了激动的热泪；当我们穿过夹道欢迎的锣鼓，挎着钢枪，喊着震天动地的口号回到学院时，我们洒下了兴奋的热泪；当院长站在阅兵台上向我们讲述凤凰只有经过涅槃才会在烈火中重生，军人只有经历磨难才会在战火中百炼成钢时，我们再次洒下了热泪。为什么堂堂男儿眼里会常含泪水？因为我们对这片土地爱得深沉！经过了这次演习和拉练，我们终于懂得了什么叫做"万水千山只等闲"，什么叫做"乌蒙磅礴走泥丸"。我们知道，当年，红军两万五千里长征，就是这样走过来的；刘邓大军千里跃进大别山，也是这样走过来的；明天，这支人民军队的伟大胜利还要靠我们新生代军人这样一路走来!

四年的军校生活浸透着光荣与梦想,我们在这里百炼成钢。如果命运再给我一次选择,我仍会欣然地选择你。军校,在我心中你永远是最神圣的地方。因为,这里正升腾而起中国军队明天的太阳。

我们也正是从走进军校的那一天,开始体会着这支人民军队的伟大精神。为什么当我们千遍万遍地擦拭着手中的钢枪时,会不由自主地激动起来?为什么我们要穷尽一生的心力,去体会什么是真正的军魂?为什么一批批即将迈出军校大门的学员,总会感觉自己才刚刚迈进军校?不是别的,这是一种只有在军校,只有在绿色方阵中才能感受到的蕴涵着历史的风霜雨雪、浸透了无数先烈思想和智慧的精神。

前进吧,战友们,为了给了我们信念,给了我们灵魂的伟大的党;努力吧,战友们,为了这支给了我们钢铁般意志,铸就了我们不屈军魂的人民军队;奋斗吧,战友们,为了这个给了我们无穷力量,给了我们生命,给了我们自强不息精神的伟大祖国!

(此文为作者在参加中国军校大学生演讲大赛中的演讲稿)

充满感情抓安全

重视安全，关爱生命，是落实以人为本的思想，构建和谐军营的题中应有之意。很多问题的发生，其重要原因之一就是缺乏抓安全的热情。充满感情抓安全，源自对部队工作的高度热爱，体现对官兵生命的无比负责，是做人做事的应有境界，是推动部队安全发展的客观要求。

一个人如果对某项工作充满热情，就会专心致志，聚精会神，想方设法去做好。安全工作是事关部队全面建设和官兵生命的大事，更要带着感情去做。抓安全工作缺乏感情有很多具体的表现，有的是工作流于形式，检查走马观花，调研蜻蜓点水，蹲点浮在表面，说情况若明若暗，抓问题不痛不痒；有的落实安全规定不认真，用召开会议代替抓落实，用口头表态代替工作效果，安全措施形同虚设，隐患排查和整改走过场；有的思想麻痹，事不关己，高高挂起，不善于举一反三抓工作，只要与自己关系不大的事就熟视无睹，听之任之，等等。

如果一个人从感情上多一份对安全工作的关心，就会增加一份安全保证；如果人人参与营造安全氛围的大环境，就会筑起一道坚固的安全防线。充满感情抓安全要有强烈的责任心，要把部队当家建，把官兵当亲人，以部队的安全发展为工作坐标，以官兵的切身利益为最大利益，积极地融入，全心地投入，自觉地为部队建设做贡献。充满感情抓安全要主动提高能力素质，抓好安全工作是一种能力，光凭主观意愿是不够的，带着感情抓就会主动适应部队形势任务的发展，不断提高抓安全工作的政策水平和业务水平，努力使自己成为抓安全工作的行家里手。充满感情抓安全要有扎实的工作作风，安全工作的落脚点在末端，抓好每个末端，安全才真正有保障，要扑下身子，深入基层，勤接地气，真正做到抓到位、踩到底。因此，每个干部都要牢记“人命最大、安全不松”，真正把安全工作作为使命任务来筹划，当作政治标准来落实，作为工作成绩来检验。要自觉把抓安全工作的各种要求融入思想中，变成人人遵守的原则；贯穿到工作中，变成天天必办的事情；体现到生活中，变成时时事事的要求，切实做到充满感情抓安全，众人一心保平安。

思想的力量

比刀锋更尖利的是精神，比雷霆更震撼的是人心。中国作为泱泱五千年的大国，曾经有过一段最萎靡不振的历史，清朝末年打了那么多败仗，山河凋敝，人心涣散，中华民族岌岌可危。可仅仅过了40年，还是这个种群的人，却进行了艰苦卓绝、举世罕见的长征，进行了伟大的抗日战争，中华民族最优秀的子孙用血肉换来了民族的重生。这种重生首先是精神上的重生，在中国共产党的领导下，全国史无前例地达到了空前的团结，团结在一起的中国人共同喊出了那个时代的最强音：我们万众一心，冒着敌人的炮火，前进！

有一种高度是思想的高度，有一种胜利是意志的胜利。毛泽东作为一代伟人，其伟大之处不仅仅在于创建了党，缔造了人民军队，形成了毛泽东思想，进行了社会主义建设的伟大实践，还在于他创造了中国历史上从未有过的一个奇迹，就是把亿万人民团结起来，将一盘散沙、人人自保、毫无斗志的民族，在短短几十年内改变成最讲纪律、最讲奉献、最讲团结的庞大而又坚强的集体！整个民族用一个声音说话，虽然我们当时衣衫褴褛，但是我们团结一心发出的声音让山岳变色，让敌人颤抖，让世界动容。这么短的时间，这么广的范围，这么多的民众，这是一次人类历史上从未有过的思想变革的风暴，这是一个让中国人无论在哪里都能昂起头来的伟大时代。更难能可贵的是，这种思想上的解放和人心的凝聚超越了人性的狭隘，无数的中国军民能够舍弃私利，成就大义，充满希望，满怀激情，捐躯赴国难，视死忽如归。看着抗日战场上义无反顾、慷慨赴死的军民，看着抗美援朝战场上像原木一样移动却又前仆后继的志愿军战士，我们的对手一定在感叹，如果鸦片战争时期、甲午战争时期我们中国军民有如此团结、如此英勇、如此强大的民心，那历史必将改写。毛泽东以及那个年代的共产党人将中华民族的精神高地托举到史无前例的高度，从清末开始浸透在史书上的懦弱、耻辱、涣散等字眼就如历史河沟中的污泥浊水被荡涤一空，亿万炎黄子孙挺起脊梁，凝聚起排山倒海的力量，谱写出一出出开天辟地、战天斗地、改天换地的伟大篇章。

中国自古以来就有一种“虎视何雄哉”的气派，历史上曾多次有过“思想茂盛，精神飞扬”的时期，华夏大地充满着雄奇壮烈的社会气氛，洋溢着刚健向上的阳刚之气。后来虽然封建王朝的腐朽禁锢了思想争鸣，磨灭了雄性虎气，但是我们的民族之根、我们的大国之魂从没有消亡。即使在最黑暗的时期，那些为真理奔走疾呼孤独的英雄们也会用生命的呐喊呼唤沉睡的人们，用真理的火把照亮那个时代的夜空。过去一百年，中国在求索中不断奋斗前行，今后相当长的时间内，应该是中国精神重建的过程。

船的力量在帆上，人的力量在心上。只有思想的站立，才有一个民族的站立。站在新的历史起点上，我们更需要能凝聚人心的精神旗帜，更需要能与形形色色错误思潮对抗的思想体系，更需要全中国人共同的信仰追求。我们可喜地看到，今日之中国正如新一轮蓬勃欲出的朝日，即将把光辉洒向古老而又永新的大地。“中国梦”正在凝聚这片土地上所有的正能量，汇集起实现中华民族伟大复兴的“精气神”。天戴其苍，地履其黄，纵有千古，横有八荒，团结奋进的中华儿女必将书写不朽的传奇，更加骄傲地屹立在世界的东方。

抗战老兵："我给史迪威当警卫"

口述王楚英

2010年是中国人民抗日战争胜利65周年。9月9日，南京军区军事画家陈坚将著名油画作品《公元一九四五年九月九日九时·南京》的一幅仿真品，送给了南京市政协委员会专员王楚英老人。这位1923年出生于湖北黄梅的抗战老兵，亲历了许多重大历史事件，还曾在中缅印战区美军总司令史迪威将军身边当联络参谋兼警卫队长，他的传奇经历引起了笔者的浓厚兴趣。

10月里一个秋高气爽的下午，王老在家中接受了笔者的独家专访。老人虽年事已高，但思维清晰敏捷，他的讲述把笔者带回了战火纷飞的中缅印战场——

看中了“娃娃上尉”

1942年3月1日，蒋介石来缅甸腊戌部署中国远征军作战。3月3日上午，史迪威坐飞机来腊戌与蒋介石会面，中国驻缅甸军事代表侯腾少将派我开车去接史迪威，这是我第一次见到这位富有传奇色彩的美军中将。当侯腾少将介绍我时，一向特立独行的史迪威将军开口就问：“你这个上尉是哪位达官贵人的子弟？”史迪威说这话是有根据的，他多次来华，对国民党的官场有一定了解，当时中国驻缅甸的军事代表团人员很多出身显赫，大都是从中央陆军大学或国民党军令部挑选出来的，不少人还有出国留洋的经历。

史迪威的问话，让我很不舒服，在一旁的侯腾少将怕我年轻气盛，做出一些失礼的举动，赶紧解释说：“王楚英上尉是从枪林弹雨中走过来的平民子弟，‘七七事变’后，他参军抗日时才14岁，参加过淞沪会战，被第18军罗卓英军长称为‘不怕死、会打仗的娃娃排长’，曾得过云麾、忠勇等勋章。”他还指着我下巴的一块伤疤说：“他的这个伤疤是在江西瑞昌作战时，为救18军继任军长黄维被日军打伤的，后来当过黄维军长的警卫排长兼机要参谋，现为军委会驻滇参谋团团长林蔚将军的机要参谋……”史迪威听后，脸上慢慢露出了笑容，并主动与我握手，对我说：“我的孩子呀，想不到你小小年纪，会有那些传奇的经历，我要同你谈谈。”路上，我一面小心驾驶汽车，一面向史迪威讲述了自己在缅甸组建华侨抗日志愿队，协助英军作战的经历。史迪威意犹未尽，下车后又约我再谈，并详细询问了日军的现状和可能的动向，英军的士气和指挥官的素质等，我一一作了回答。

几天后，林蔚将军给史迪威选派了一名联络参谋（刘芳榘中校）和一名警卫队长（商鼎新少校）。没想到史迪威说：“如果不介意的话，请把您的机要参谋也就是前几天给我开车的‘娃娃上尉’派给我当联络参谋兼警卫队长。”林蔚大吃一惊，说：“王楚英毕竟年纪轻，阅历浅，恐难以担当此重任。”但史迪威说他相信自己的选择。

按常规，我是根本不可能给史迪威当联络参谋的，第一我并非出身名门，没有学历，也不懂外语，只是个19岁的上尉，各个方面都不够资格。我想，史迪威把我选到他身边，也说明他独特的个性，他对国民党官场是很排斥的，知道国民党军队内部派系复杂，很怀疑派给他的人是不是安插在他身边的一个内线。我没有背景，在他看来，还是个娃娃，会对他讲真话，不会考虑很多。另外，我参加过战斗并与英国人打过交道，他可能是基于这几点考虑。此后，我开始跟随史迪威深入中国远征军入缅作战的各个战场，驾车载着他穿越枪林弹雨，参与作战计划的研究，协调保障，出入火线。

官兵们叫他“美国大叔”

在史迪威身边工作了两年多时间，我对这位远涉重洋来到中国的美国军人有了一定的了解。他的带兵之道和治军思想很值得我们借鉴。史迪威是一个中国通，同情中国人民的抗日战争，在中国前后生活长达13年，会说汉语和一些地方的方言，他和四川兵在一起时，会说“啥子哟”，这有利于他与中国官兵的相互沟通，基层官兵都亲切地称他为“美国大叔”。同时，他对中国文化有一定的了解，在战斗间隙，他会用汉语讲述岳飞精忠报国和越王勾践卧薪尝胆等历史故事，有时还会引用“人非圣贤，孰能无过”“有朋自远方来，不亦乐乎”之类的文言文。他对中国士兵充满感情，总是亲切地称基层官兵为“我的孩子们”。他常对我说，中国人朴素耐劳，只要讲一些浅显的道理，如中国人受日本人欺负，打仗是为了国家和民族，他就会在战场上拼命。他写给妻子的家信中也说到“中国士兵太可爱、可敬了”。

与对待普通士兵不同，史迪威对军官，尤其是高级将领比较严格，体现了他“亲下而傲上”的性格。史迪威刚到缅甸时，跟随他多年的老副官多恩中校找房子为他设置司令部。多恩在生活保障方面做得比较多，但没有把作战室布置好。史迪威非常生气，讥讽道：“你们看这座楼像旅馆吗？多恩中校做一个旅馆的经理人倒是蛮称职的。”当看到我把作战室布置好之后，他对多恩讲：“参谋就是做这些事的，这个小娃娃都能做，你怎么做不起来呢？”

史迪威带过来的有些美军联络官不能真心诚意地配合中国军队作战，他就说：“请你们立即离开现在的岗位。”不迁就，不袒护。在定战斗决心和作战计划时，他总是召集下属军官充分发表意见，他说：“在讨论作战计划和军务大计的会议上，不论官职大小，人人都有发言权，而且是人人有义务陈述自己的见解，这正是诸位尽职尽责的表现。”有时，在会议上，他也要我这个“娃娃上尉”谈谈自己的一些看法。

在治军中，史迪威注重实际，着眼实战，不流于形式。当时中国军队在前方打仗，弹药、食物消耗完了，要派前线的人到后方去取，伤员也是从前线送下来。他说应该反过来，要做到“补给到人、输送到连”。史迪威练兵注重抓住 5 个环节，即“准备、讲解、示范、实习、考试”，士兵考核不及格要重来，直到过关为止。国民党军队的训练，打靶打得不好就算了，最多重练一次，而史迪威通过严格正规的训练，让中国远征军的战斗技能和军官的指挥水平有了较大幅度的提高。

从缅甸逃出来是奇耻大辱

史迪威来华之初，提出了“只有进攻才能拯救缅甸”，这个想法与蒋介石不谋而合。前期相继组织了“同古会战”“平满纳会战”，都是以一种积极进攻的战术思想来指导入缅作战的。史迪威说，一个人总是应该先动手进攻，如果允许别人进攻自己，那是一个极大的错误。但英军从一开始就没有打算保住缅甸，后来屡屡背弃承诺放弃阵地、自陷绝境，还要中国军队派兵营救，使已准备就绪且稳操胜券的“同古会战”“平满纳会战”相继中途夭折，从而导致缅甸战场的全面惨败。

入缅作战失利后，部队该往哪里撤成为一个关键性的问题。史迪威准备带着中国军队到印度去，但杜聿明要把部队带回国，蒋介石也要求回国。从战场态势看，撤回国不如撤到印度：当时大部分战略物资都是从印度来的，向国内撤退的道路已经被日军切断了，向印度撤只需过一个亲敦江，而且日本军队向印度进攻的力量还不够。由于选择了错误的行进方向，往国内撤的第 5 军、第 6 军损失惨重，戴安澜殉国他乡，杜聿明九死一生。

对于入缅作战的失败，史迪威非常痛心，他说从缅甸逃出来，是一个奇耻大辱。他认为入缅作战的失败，一是英国人背信弃义，还有就是盟军未能在缅甸取得制空权。之后他认真制定了《收复缅甸计划》，并积极付之于实施。在印度兰姆伽和中国昆明等地，史迪威建立了多个训练中心，为中国驻印军和远征军训练了几万名官兵。在反攻阶段，他作为中国远征军最高指挥官，带领中国远征军取得了“于邦大捷”“加盟大捷”“孟拱大捷”以及攻克了密支那，胜利一个接一个。

史迪威强烈支持从印度修筑一条通往中国的公路，并在国民党最高军事会议上力排众议。中印公路通车后，蒋介石在庆祝中印公路通车之日，发表了题为《中印公路开辟之意义》的广播演说：“为了纪念他（史迪威）的卓越贡献和中美部队在他指挥下在缅甸战役及修筑此路所扮演的显著角色，我们就以史迪威将军之名给这条公路命名。”

走群众路线，我们永远在路上

2014 年 10 月 8 日，习总书记在党的群众路线教育实践活动总结大会上发表重要讲话。总书记的讲话立意高远，发人深思，承前启后，催人奋进。细细研读，感到字里行间饱含着领袖为民亲民的情怀，建党强党的决心，心忧天下的担当。党的群众路线教育实践活动是我党优良传统、优良作风的一次回归和再出发，群众路线是共产党人的初心，走群众路线，我们永远在路上。

走群众路线，首先要把自己当群众。要真正从思想深处解决我们从哪里来，到哪里去，要为谁服务的问题。孟子说过，“民为贵、社稷次之、君为轻”，这是最淳朴的民本思想。共产党人相信，人民是历史的缔造者，群众是衣食父母，群众是真正的英雄，没有人民群众就没有今天的一切。党员干部必须与群众一块儿过，一块儿苦，一块儿干。把自己当群众，就是要摒弃官本位的思想，多看看群众满不满意，少想想自己舒不舒服；把自己当群众，就是要多换位思考，少些俯视，多些平视；把自己当群众，就是要真正脱鞋下田，真正走进群众，与群众休戚与共，绝不是下田走走，转身又坐上了轿子。联系到实际工作中，就是要做到经常问情于官兵、问计于官兵、问需于官兵，设身处地地为基层考虑，把官兵的冷暖放在心上。要时刻牢记，只有我们把战士当亲人，战士才会把我们当亲人；只有我们把官兵放在心上，官兵才会真正把我们放在心上。

走群众路线，必须树立正确的利益观。形式主义、享乐主义、官僚主义和奢靡之风这“四风”都有浓厚的个人主义色彩。“四风”，简而言之其本质就是功利主义，放大了自己，膨胀了欲望，丢失了党性，迷失了方向。诚然，共产党人也不能回避利益两个字。马克思曾指出：追求利益是人类一切社会活动的动因，利益是历史唯物主义的基本范畴。树立什么样的利益观是每个党员都要回答的现实问题。我们提倡学习焦裕禄“心中装着全体人民，唯独没有他自己”的公仆情怀，这是党员干部学习的榜样，努力的方向，从客观来说，一般人很难达到。是心系群众还是心系自己，是为群众谋利益还是为自己谋私利，是党员干部政治上合不合格，作风上过不过硬的分水岭。党员干部要时时处处把群众放在心上，诚心诚意干实事，尽心竭力解难事，坚持不懈做好事，决不能把全心全意变成半心半意，甚至是假心假意。

走群众路线，关键在于久久为功。群众路线不会一抓就灵，但是很容易一松就停。习总书记指出，广大群众最担心的是问题反弹，最盼望的是常态化。践行群众路线就像一面镜子，自我对照、自我反省、自我批评就像是洗脸，脸要经常洗，镜子要天天照。抓好“常长”二字，关键在于持续用力，一抓到底。作为管理部队、服务基层的机关办事人员，在抓经常性管理教育工作时一定要不断强化“基层至上、士兵第一”的观念，不断强化服务意识，增强服务本领，自觉把党的群众路线落实到心系基层、情系官兵的具体行动中。要广开言路，实事求是，研究现实工作中各级反映比较集中的问题，切实把群众路线和依法治军、加强部队管理结合起来，更好地带好部队，服务好基层官兵。

（此文为作者在部队群众路线教育实践活动中的发言稿）

大 国 魂

2015 年 9 月 9 日，军旅作家王树增在南京军区作了一堂弘扬抗战精神的辅导授课，授课激情澎湃，感人至深，听者一次次热泪盈眶。从王老的授课中，我们能够深切感受到一种强烈的爱国情怀和军人特有的使命担当。国有精英国有魂，尤其是我们这样一个拥有数千年文明的泱泱大国，更有着一种贯穿历史的精神力量，这是一种民族精神，这是一种大国之魂。

天地洪荒，大道无疆，岁月更迭，风雷激荡。中华民族泱泱千年，有多少英雄儿女血洒疆场，又有多少英雄豪杰名扬四方。有一种精神，穿越千年而不曾消亡；有一种力量，纵横四海而历久弥刚。秦军的长剑，大汉的良驹，盛唐的军阵，平倭的铁骑，虎门的硝烟，抗战的红旗……这一切都在传承着一种精神，一种从盘古开天之时起就刻在我们民族骨髓中的精神——生死不苟，大义凛然！

一个人不能没有灵魂，没有灵魂那是行尸走肉；一个民族不能没有灵魂，没有灵魂就成了任人蹂躏的一盘散沙。一个民族不管经济多发达，没有精神支柱那就是沙滩上的大厦，迟早要坍塌，绝不可能真正强大。民族精神是一个民族的灵魂，而民族精神的符号，就是民族英雄。一个民族的文化、历史甚至国家形象，是由民族英雄所代表。当年，衣不遮体的三万多红军，完成了两万五千里长征时，他们是中国最生机勃勃、最有百折不挠献身精神的真正的民族英雄；当抗日烽火点燃时，黄河之滨聚集起了中华民族最优秀的子孙。在中国面临生死存亡的危急关头，在"东亚病夫"和"华人与狗不得入内"成为中国人深切的耻辱与隐痛之际，正是中国共产党人领导团结全国人民，重新找回了我们大国的自尊。近代以来，中华民族什么时候才真正万众一心？这只有在中国共产党的领导下才得以实现。从此，我们中国人扬眉吐气，不为任何敌人所吓倒，而是打败了一个又一个敌人。也正以此为起点，中国重新屹立在世界的东方。

在艰苦卓绝的抗日战争中，中国军民付出了巨大的牺牲。我们不畏强暴，我们也不畏牺牲。"为有牺牲多壮志，敢教日月换新天"。英雄们用他们的牺牲，换来了中华民族薪火相传、生生不息；英雄们用他们的牺牲，赢得了和平的阳光雨露、宽阔的蓝天净土；英雄们用他们的牺牲，让今天的中国人仍然活在自己的土地上！如今我们的土地上有着太多的高楼大厦，纪念碑可能太少，但是，在我们每个人的心里，要树起那一座座高耸的纪念碑，碑身上刻着一个又一个鲜活的名字：左权、张自忠、佟麟阁、戴安澜、杨靖宇、赵尚志、赵一曼……这些名字渐渐汇成一组闪着金光的大字——中国人民！

中华民族延绵千年的爱国主义精神，中国军民伟大的抗战精神，是激励我们克服一切艰难险阻，向胜利豪迈进军的强大精神动力。在强国梦、强军梦的引领下，中华民族、中国军队正昂首阔步奔向前方。今天的我们要争做“四有”新一代革命军人，自觉拥护和服从改革大局，为强军目标的实现贡献自己的力量，真正做到无愧于时代、无愧于使命、无愧于人民、无愧于融在我们血脉深处的大国之魂。

坚强党委班子要突出四个抓手

党委班子是各级党组织的核心，坚强党委班子是抓好党建工作的关键，切实把党的政治优势和组织优势转化为抓好工作的强大推力，要突出四个抓手。

以深入学习为抓手提升思维层次。党委作为单位全面建设的领导核心，其思维能力直接影响单位建设发展的层次和水平，而学习是加强班子能力建设，提升思维层次的基本途径。一要提高认识抓学习。学习是能力素质之本，不加强学习势必思维狭隘，认识不高，势必知识缺乏、心中恐慌。加强学习，提高思维层次，需要认识上的自觉、行动上的自励。要把学习作为一种精神境界、一种行动习惯、一种终生追求，紧跟时代步伐，紧盯建设发展前沿，瞄准知识素质的短板，以勤奋刻苦的精神和坚韧不拔的毅力，认真地抓好学习。二要联系实际抓学习。思想认识最终要指导实践，提升思维层次的落脚点还是在推动工作发展上，抓学习也必须紧贴工作实际。要紧紧围绕部队建设的重点、官兵关心的热点、工作落实的难点、党委班子的弱点来选择学习内容和研究课题，要把学习和研究的成果迅速转化为谋划工作的新思路、改进工作的新举措、狠抓落实的新手段、履职尽责的新能力。三要端正学风抓学习。党委班子要带头端正学风，要在培养战略思维、创新思维、辩证思维等方面给部队做表率，树好学习型党组织的良好形象。要从自己抓起，从自身严起，加强世界观改造，在学习中提高认识水平，改进思维方式，升华思想境界。要经常到基层宣讲辅导，以模范行动带动整个单位良好、浓厚的学习风气。

以履职尽责为抓手强化能力建设。加强党委班子建设，要以履职尽责为中心，把化解突出矛盾、解决突出问题与完成中心任务紧密结合起来，在领导单位全面建设中不断提高能力、增长本领。一是要强化把关定向能力。党委要善于抓大事、议大事、把方向，不能事无巨细都上常委会，更不能以党代政。一般层面的工作、具体业务工作通过办公会研究，有制度、有规定的就按制度规定办；党委会重点研究贯彻执行上级重要命令指示、党的建设、政治思想工作、干部工作和主要业务建设等问题。二是要强化完成中心任务能力。检验和衡量党委建设的能力水平，归根到底要体现在是否能够出色完成所担负的中心任务上。党委班子要充分发挥中心工作的龙头作用，围绕中心任务做决策，紧贴中心任务抓落实，盯住中心任务谋发展，确保单位建设发展的质量和效益。要牢固确立少讲成绩、多看问题、抓住关键、纵深进击的指导思想，积极适应新形势新任务的现实要求，把力量向中心工作集中，把精力向作战准备聚焦，把各项工作往前赶、往实里抓、往深处抠，切实提高完成中心工作和大项任务的能力。三是要强化解决突出矛盾能力。形势任务的发展带来了很多新情况、新问题。单位面临的矛盾和困难，有的是多年积淀下来的，有的是政策机制性的，有的是前进中发生的，还有的是突发性的，这对党委班子的反应能力和处理问题能力提出了更高的要求。解决矛盾和问题，特别是棘手问题，需要勇气和魄力，也需要正确的思路和方法，要坚持围绕上级的决心意图解决问题，依靠政策法律解决问题，调动各方力量解决问题，力争每解决一个问题，都树好一个形象，赢得一片民心，锻炼一次队伍。

以内部团结为抓手凝聚人心士气。党委班子的团结是做好各项工作的前提，如果搞不好内部团结，个人水平再高、能力再强也不可能形成坚强有力的集体。党委班子成员，特别是主官应努力提升思想境界，加强修养锻炼，自觉抓好团结，使党委班子形成强大的凝聚力和感召力，有效地带动部队。一靠事业凝聚人心。事业是团结的纽带和基础。没有共同的事业作基础，你想你的，我想我的，是搞不好团结、带不好部队的。一班人在一起干事业机会难得，大家都要能够容人、容话、容事、容过、容能，批评意见要听得进、吃得消。只有这样，才能团结一切积极因素，凝心聚力干事业。二靠原则强化党性。党性原则是团结的底线和基础。没有原则的团结，是没有质量的团结，那种只讲感情、不讲党性，只求谅解、不分是非的所谓团结，不是真的团结。党委班子要善于在不同中求和谐，方能拧成一股绳，有不同的声音，在以事业为重的前提下，可以通过讨论、思想交锋、批评和自我批评来解决。工作中遇到困难，每个班子成员都应从集体利益出发，不怕事、不躲事，主动顶上去，为解决问题赢得时机、创造条件。三靠制度保证规范。制度是维护团结的"防火墙"，程序清楚、职责明确、工作规范、制度落实，既可以减少失误、提高效率，又可以减少内耗、增强和谐因素。一个班子，只要坚持按制度办事、按程序办事，就出不了什么大问题。因此，任何情况下，都要自觉维护制度的严肃性和权威性，确保各项工作制度化、程序化、规范化。

以改进作风为抓手推进创新发展。单位风气的好坏关键在党委，党委的作风影响单位的作风，党委的工作标准决定单位的工作标准。只有把作风搞好了，班子才会有凝聚力、战斗力和创造力，才能带领单位不断地适应形势的发展，创造性地完成工作，搞好单位全面建设。一要树立勤政廉洁之风。群众看领导，下级看上级，不仅听其言，更在观其行。党委“一班人”要常思贪欲之害，常怀律己之心，常除非分之想，常修为官之德，自觉坚持秉公用权、公道正派，靠良好的人品官德立身立业，维护好党委形象，纯正单位风气。二要弘扬求真务实之风。求真务实，是我们党的思想路线的核心。空谈误国，实干兴邦，在新的起点上开创工作的新局面，必须要有过硬的作风，必须坚持求真务实、以身作则地真抓实干。党委班子要带头做到讲实话、办实事、求实效，下大力改进文风会风，坚决克服形式主义和官僚主义，扎扎实实把各项工作落到实处。三要倡导调查研究之风。调查研究是我们党的基本工作制度，是保证党委决策科学化的基本前提。当前要大力倡导用问题牵引工作，通过工作解决问题，以创新的精神和科学的态度研究新情况，推进工作更上新台阶。

读《国家的品格》

《国家的品格》是由一个叫作藤原正彦的数学家写的一本小册子，在日本出版史上留下震撼记忆。这本书很薄，前言、目录、内容加在一起才 191 页，却长期名列日本畅销书榜首，从 2010 年出版之后，已经印了 49 次。

该书饱含着对国家前途的深刻忧虑，贯穿全书的悲情意识以强烈的情感诉求，引起了读者广泛的共鸣。作者在书中阐述的主要观点是，疾呼反对欧美秩序，强调重归日本传统。藤原认为，全球化不过是冷战结束后美国控制世界的一个战略，全世界必须毅然迎战。冷战后，美国强制向世界各国推行的美式市场经济有几个特点，即任意解雇工人的经营方式、股票中心主义、美式会计标准等。这种美式市场经济导致各国贫富差距扩大、大城市的发展以及乡村的衰退。更为严重的是，这种全球化腐蚀了社会、教育与文化，导致全球美国化、同一化。以经济改革为中心的市场原理，无休止的美国化，已经远远超越了经济领域，深刻影响到了日本的社会文化和国民性。战后日本人所受的教育，让其丧失了对祖国的热爱，国民态度软弱。作者认为日本应维系以终身雇佣、年功序列为基础的社会体系，反对“完全的实力主义”，这种传统的系统有利于维持社会稳定。作者痛心疾首地说：“市场取代了古代日本人拥有的令人自豪的传统，日本必须恢复国家的品格。”

藤原在书中呼吁恢复日本的传统，主要指的是日本特有的人伦关系。在理论界有一个观点，小群体本位是日本人民族认同的基础。我们中国人和日本人都用“家”这个汉字，但对家的内涵和理解是不一样的。日本人的“家”，概念宽泛，不仅仅包括血缘关系的人，还包括那些没有血缘关系的人，比如说家里的佣人、长工、管家等等，时间长了之后他们就会姓这个家里的姓，死后也可以葬在这个家的墓地，也会入他们的家谱。因此，日本人更容易与那些非亲属、非地域性的人缔结成自愿性团体，这种团体有很强的活力和凝聚力。1980 年代的日本人被称为工蜂一族。在日本有个词，叫“以社为家”，这个“社”是指会社，就是公司。日本人工作中的献身精神是令人敬佩的，在日本，很多老板不是说大家好好干，别偷懒，而是告诫大家不要太拼命，要注意休息。即使这样，员工下班后自动加班加点不要报酬的人，仍然相当普遍。在日本人的群体里，每个人都有一个定位，我该听谁的，谁该听我的，非常明确。一个群体里必有一个权威，往往是个老头子，大家都在他之下，这个权威像对待家庭的孩子一样对待他的下级，下面的人也像对待自己的父亲一样对待这个上级。日本人很服从权威，有一个极端的例子。二战时在菲律宾的卢邦岛上有一个叫小野田的日本兵，他的上司叫谷口。当时谷口告诉他，你潜伏下来，没有我的命令什么时候都不能撤退。他就在岛上潜伏了几十年，一直到了 70 年代，人们在卢邦岛荒无人烟的地方发现有日本兵还活着，但是他就是不出来。幸好当年的谷口还在，被请到这个岛上，又举行了一个受降仪式，这个小野才出来投降。这虽然是一个极端的例子，但日本人国民性格中对权威的服从可见一斑。

《国家的品格》与其说是以严格的逻辑、清晰的表述说服日本读者，不如说是一种强烈的情绪宣泄。一种非理性化的表达竟然在日本民众中引起如此广泛的共鸣，值得深思。最近 20 年，是日本失意的 20 年。经过了前期 30 年高速增长之后，日本经济走进了一条悠长的停滞隧道。20 年中，全球 GDP 增长 3 倍，而日本几乎毫无增长。曾经经济上的辉煌，已成久远的记忆。日本到底怎么了？很多日本人无法释然。今天，究竟是世界遗忘了日本，还是日本遗忘了自己？当失去世界瞩目的时候，内心的自尊与倔强让日本民众迫切需要找到新的自我定位。读这本书不仅仅是研究书中本身的思想和观点，更重要的是思考该书能在日本引起轰动的深层次原因，从中分析日本的国民性以及这种国民性可能对日本政治、军事走向的影响，并引以为借鉴。

日本人这种缔结集团的方式和对权威的服从，会带来群体的高效率。但同时也有一个隐忧，就是一旦这个群体变质，这个群体的领头人走上了邪路，那后果也是灾难性的。它有点像羊群机构，千百只羊低着头跟着领头羊走。二战时，日本国民疯狂地追从军国主义者，整个国家变成了战争机器。当前，日本国内的政治生态发生很大变化，尤其是安倍晋三重新执政以来，频频做出各种小动作，试图对现行格局实施突破。修改教科书、否定侵略历史、否认村山谈话、修改防卫计划大纲、海外派兵，将钓鱼岛收归国有，强行通过“保密法案”等等，2015 年 1 月，还准备推动立法减少用兵程序，首相可以不经国会直接派出自卫队。这一系列的举动勾勒出一条清晰的扩军备战的轨迹，侵略扩张的野心昭然若揭。更需要警醒的是，对待这样一个鹰派分子，日本国民对其支持率一度猛增，为前任几届首相执政时所未有之情形。日本军国主义的抬头，不仅仅是政客的鼓吹和造势，更有民众心理的驿动。

天下虽安，忘战必危。以史为师、以史为鉴，我们不仅仅需要时刻警醒，更需要实实在在的准备。今夜如若枪声起，岂可卧马待黎明。军人为和平而生，但军人也绝不畏惧牺牲，想要拥有真正的和平，就必须有能力打赢下一场战争。

从《芳华》中读到人性

近日《芳华》热映，一群过去名不见经传的普通演员一下子火了起来，冯导再次被推到风口浪尖上。对于这部片子，可谓是仁者见仁，智者见智，褒贬不一。我感到，作为一部艺术作品，该影片对人性的剖析和刻画还是非常到位的，细细品读，能够读懂很多人生的道理。

没有绝对意义上的好人，但是有绝对正直的人。何小萍是影片的女主角，从小缺少家庭的温暖，母亲和继父不喜欢她，成长过程中又经常受到身边人的欺负，但是她很有正义感，待人处事泾渭分明，特别是在战场上救治伤员时表现非常勇敢，是个值得人同情又值得人敬佩的正面形象。但就是这样一个角色，其生活中也会有对战友撒谎、装病欺骗组织的行为。影片伊始，何小萍偷着把战友的军装穿出去照相，当战友问她有没有见到衣服时，她完全可以主动承认,但是她却选择了说谎来掩饰。这件事往大的说属于道德品质方面的问题,往小的说也绝对不符合善良人的行为标准。她的这些行为虽然在道德层面存在争议,但是从情节上来看却是有着合情合理的成分的。每个人身上都有真善美的基因,也都有假恶丑的影子,没有完全意义上的好人,也没有完全意义上的坏人。人的行为都是在特定条件和背景下的具体反映,全面地了解一个人的经历和处境,就能更好地理解一个人的行为。

善良不应该划底线,负重前行者为大善。刘峰是影片的男主角,他任劳任怨,热心助人,奉献大于索取:脏活累活抢着干;吃饺子只吃破皮的,把好的让给别人;战友结婚买不起沙发,他用自己精湛的手艺打了一对。可惜偏偏“好人没有好报”,就是这样一个极度无私的人,被心爱的女孩举报并落井下石,被发配到边疆,后来上了前线,失去了右臂,成了一个悲剧英雄。对于刘峰,很多人为他感到愤愤不平,有的人认为他是善良过剩,一味地付出让人感到软弱可欺,甚至觉得他做的一切好事都是理所应当。于是,产生了这样一种观点:善良要有度,如果不是用在对的事情和对的人身上,宁可不要善良。对于这种观点我不赞同,善良本身就是一种行为导向,善良的付出未必有回报,以回报为目的的善良也不是真正的善良,更像是一种表演。刘峰是从骨子里善良的人,他的悲剧色彩的人生是命运的悲剧,而不是善良造成的悲剧。我们设想一下另一种可能,如果刘峰因为经历战争而被重用,战争结束后又因为品行端正、工作刻苦而一路晋升,最后成了一名将军,那么当初林丁丁陷害他的事就不再是他悲剧的开始,而是他将军之路的起点。这样的故事情节也完全合情合理,此时他的善良便成为他成功人生的助推剂。所以,无论何时何地,何种境况,追求善良是永远不会过时的价值导向。今日岁月静好,皆因多少善良的人们负重前行。

功利性或许人人难免,只是程度不同。独唱演员林丁丁长相甜美,深受男战士们的喜爱，众星捧月的环境使她形成了一切以自己为中心的习惯。林丁丁本来对刘峰有好感，可是，在与刘峰一抱被人撞见后，主动找组织揭发刘峰，还说他抱自己的时候想解她内衣的扣子。她之所以这么做，不过是为了维护自己的名誉，却全然不顾此事给刘峰带来的毁灭性打击。文工团解散后，她又和男友分手，嫁给了一个华侨，成了第一批移居海外的人。她领受了太多的宠爱，难免恃宠而骄，别人的帮助成了理所应当，而她伤害别人，也全然没有愧疚。影片中的陈灿，是个高干子弟，他属于那种精致的利己主义者，用比较好看的“吃相”实现自己利益的最大化。一次，陈灿出了车祸，需要黄金来做牙的底座。一直默默喜欢他的萧穗子拿出父母送给她的金项链，陈灿稍作推辞后也就收下了。他知道这条金项链对萧穗子有多重要，他也清楚，自己不会和萧穗子好。因为对方喜欢自己，所以他大大咧咧地收下了，一转身又和同为高干子女的手风琴手郝淑雯黏在了一起。穗子绝望地哭着，将写给陈灿的情书撕碎在风中。只谈好处，不看是非，陈灿的世界没有对错，只有利益。刘峰因抗洪抢险砸伤了腰，上级给予他名额，让他到军事院校进修，他却把名额让给了别人。后来，就在他自己亲手打造的沙发边，他向心仪的女孩林丁丁表白，说他做梦都想去院校深造，让给别人是因为自己的“私心”，这个“私心”就是想一直跟林丁丁在一起，想天天能看到她，陪着她。一个看起来非常无私的举动，却深藏着“自私”的动机，人性的复杂性可见一斑。

有人的地方，就有江湖。文工团到高原演出，跳舞的台柱子崴了脚，领导安排何小萍接替她。何小萍因为之前刘峰在团里被不公正地下放到伐木连很有意见，不愿意上台表演。一脸正气的政委拉着她的手把她带上台，说她带病为战士们演出，讲尽了赞美之词，台上台下一片热烈“致敬”与“学习”的口号声。然而演出一结束，政委就直接将她发配到了野战医院，让她永远离开了最热爱的舞台。政委的这一番表演可谓老谋深算，表面上春风化雨，背后却是暗流涌动，一切都是那么不动声色，平静自然。影片中还有一个令人唾弃的角色，就是那个联防队长。为了讹诈刘峰 1 000 块钱，满嘴谎话，傲慢又粗暴，当对方要求拿出罚款的依据时，他们甚至对这位昔日的战斗英雄大打出手。在这些联防队员眼里，道德、规则和法律都形同虚设，一切都是那样的为所欲为。影片中的联防队员并非十恶不赦之徒，文工团政委也绝不是只做坏事、不做好事的恶人，人性都有阴暗的一面，在某个时刻、某个环境下会释放出来，甚至还会被放大。人心就是江湖，遏制人性中阴暗的一面，展现人性中光辉的一面，江湖将不再险恶。

所谓理想，有时是那么朴实无华。影片中有位 16 岁的小战士，他在战斗中被烧得面目全非，双目失明。何小萍在战地医院负责救护他。小战士虚报了 1 岁才当上了兵。他知道自己“活不成了”，没有任何抱怨，没有任何遗憾，只希望每年清明，三个姐姐能够轮流来看看他，让和他安息在一起的战友们知道，他家里有人。临终前他最后的心愿是想知道，“果丹皮”是什么。当敌机来轰炸战地医院时，何小萍毫不犹豫地扑向小战士，用自己的身体挡住正在塌落的天花板——小战士爱国、爱家也热爱生命，他虚报年龄来参军时一定是满怀着报国的情结和青春的热血，没留下任何豪言壮语，他走了，留给我们的是对生命价值和理想主义色彩深深的思考。任何时候，人性的光辉都会照亮我们前进的路，即使那光芒仅星星点点，也会如天空中的北斗，给人们以方向和希望。

《芳华》为我们浓缩了一个社会，这是一个立体式的人性的画卷，这种人性的刻画超越了时代，正因如此，那个发生在 20 世纪 70 年代的故事不仅感动了同时代的人，甚至让很多 80 后、90 后泪流满面。一代人有一代人的生活，一代人有一代人的芳华，岁月无声，芳华永驻，流逝的只是时光，流传的是人性的光芒！

一名转业干部给周书记的一封信

周书记：

您好！

为了表示我们的涵养，我依然会称呼“您”。

今天早晨六点半起床，我习惯性地看看手机里的新闻，扑面而来的是关于周书记的文章和帖子，各种评论沸沸扬扬。我是一名党员，我一直坚持实事求是，我觉得网上很多对您的评价有些过头，当然，也有很多是恰如其分的；我是一个公民，我关注社会生活和国计民生，关注领导在公开场合的讲话；我是一名转业军人，您的讲话让我很受触动，所以我很想和您交流交流。

我觉得您的讲话，有几个地方很值得商榷。

一是有以偏概全之感。您在大会上对“个别人”进行了批评教育，言辞激烈。我觉得您的单位肯定有极“个别”的同志，工作表现不尽如人意，可能在您面前摆过资格，可能没完成好您交代的任务，您批评他也是情理之中。如果您只是“对事不对人”地教育部属，我相信全天下没有谁会说您一个“不”字。可您却偏偏扣上了“转业军人”这个标签，这就有点冒天下之大不韪了。习总书记高度重视部队建设，多次强调：“让军人成为全社会尊崇的职业”“不能让英雄又流血又流泪”。总书记的话感人至深，千千万万的军人、军人的家属和军人的拥护者为之动容。党和国家高度关注部队退役人员的安置工作，今年还专门成立了退役军人事务部，为解决全国 5 700 万退役军人的后续保障工作迈出了强有力的一步。崇尚军人、学习军人是现在的主旋律、正能量、最强音，岂能因为您的单位有“个别人”而去否定一个群体？更何况，很多军人退伍转业后在新单位、新岗位干出了优异的成绩，这方面的典型和例子举不胜举。“橘生淮南则为橘，橘生淮北则为枳”，您单位的“个别人”究竟是个人的问题还是水土的问题还很难说。

二是您没弄准讲话对象。日常工作中，有时候批评会使人进步，领导批评指点部属无可厚非。但是这是开大会，不是个别谈心，批评人也是要看场合的，不能因为您是领导就什么话都可以说，当着众人的面想怎么说就怎么说。您的目的是教育广大部属呢，还是让“个别人”当众出丑、落威呢？虽然您没有点名，熟悉您单位情况的部属应该知道您是在说谁吧。这样做是有助于解决问题呢，还是不利于进一步开展工作呢？毛主席当年发表《反对自由主义》一文，列举了自由主义的 11 种表现，真是入木三分，鞭辟入里。可主席的文中是否有一处指桑骂槐、含沙射影之处？教育群众就是教育群众，不要夹杂个人好恶、官僚作风。任何时候，伟人永远是我们学习的榜样。

三是您手电筒只是照着别人。管理教育部属是领导干部题中应有之义。一个领导没有把部属管好，反而当众来责怪部属，这确实有些奇怪。在学校我们常听过这样一句话:没有不好的学生,只有不好的老师;在部队我们经常说一句话:没有带不好的战士,只有不会带兵的干部。军转干部是党和国家的宝贵财富,是建设中国特色社会主义的重要力量。转业到您单位的军转干部也是我们社会的宝贵财富,把他培养好、安排好、使用好,也是您义不容辞的责任。古语道"责无旁贷",对于责任不能选择性接受,喜欢的责任就接过来,不喜欢的就往外推,甚至当成是麻烦、负担,这是负责人的担当吗?"欲戴王冠,必承其重",此中道理,应该不需多讲。

从您的讲话中我们敢断定,您没有当过军人。一个军人转业到地方之后,有可能迅速适应情况,很快开辟一块事业上的新天地;也可能要经过一段较长的适应期、学习期、磨合期,慢慢地适应融入,这都是很正常的现象。但如果您对他在转业之前所从事的工作有过真正的了解,相信您也不会说出那样的话。您可能从没注意过,也从没有想过,您的身边其实有这么多当过兵的人。在我们国家,每 24 个人中就会有一个退役军人。他们曾经是这样一群人,当人们早九晚五上下班为坐公交还是挤地铁而烦恼的时候,他们 24 小时都在待命,没有真正意义的休息时间,军人连睡觉都是任务;当人们终于盼来了周末、假期可以与一家人享受生活之乐的时候,他们正在战备、值班,越是节假日,部队战备要求越严格,军人从没有假期的概念;当人们在空调房间处理公文或是在烈日下劳作的时候,他们有的正在核辐射的环境中作业,有的正在终年不见阳光的洞库里值班,有的正在海底几千米航行执勤,还有的正在冒着生命危险在祖国的边境线排除一颗颗过去埋下的地雷;当洪水来临、地震来临、火灾来临时,人们都在向外奔走,而他们却告别了妻儿,带着最美的逆行身影,朝着一个个生死未卜的前方奔去——周书记,这就是真实的军人的生活,您不曾经历,也未必真正懂得,我们不怪您,不知者不怪嘛。我只是以一名老兵的身份跟您说句话，您欠军人一个最基本的了解。

一名转业干部

2018 年 5 月 23 日

（2018 年 4 月 13 日中国财经出版传媒集团的党员大会上，集团党委书记周法兴一段诋毁转业军人的视频在网上引发了热议。笔者看到这段视频后难以抑制心中的情绪，写了一封公开信，在“金陵作家”公众号发表，5 天内阅读量超过 10 万。）

第三篇章　大马金刀

参加工作以来，笔者先后在《解放军报》《中国国防报》《人民陆军》《人民前线》《环球人物》等报纸杂志发表各类文章100余篇，其中在《中国国防报》发表的数十篇评论、杂文、历史故事融知识性、趣味性、思想性于一体，可读性强。此篇章摘选笔者在《中国国防报》刊登的文章20篇，可从历史中品读文化，从故事中感悟人性，从趣闻中了解军事。

骑兵的狂飙时代

2004 年 11 月 26 日《中国国防报》

暗淡了刀光剑影，远去了鼓角争鸣。在数千年的中国历史上，有多少英雄跨着骏马驰骋过万里山河，又有多少无名的勇士横刀立马捍卫着家国的尊严。骑兵曾经称雄于狂飙突起的时代，留下了无数可歌可泣的故事，如浩瀚的星河装点着历史的天空。

萧萧骏马鸣——战马：上天对勇士的恩赐

马几乎是上天赐给我们的最佳的战斗礼物。它力气大、速度快，而且温顺忠主，长背天生适合坐骑。当马匹开始和战士结合，历史上强悍的战争机器——骑兵诞生了。“射人先射马，擒贼先擒王”道出了马在古代战争中的重要位置。

英雄在马背上书写着历史，历史也刻下了名马的足迹。今天的青海河曲马、内蒙古三河马、新疆伊犁马被誉为中国三大名马。向前追溯，它们的前辈在历史上可都是战功赫赫，即光照史册的“汗血宝马”、蒙古马和“天马”。

汗血马体格健壮，姿态优美，走山路如履平地，过大河犹如蛟龙。汉朝时，朝廷当局为改良中原地区的马种，曾派使者用一尊纯金造的马去换西域的优良马种大宛马，结果未成，后来还是用武力抢来了该马马种，放牧于青海一带。这种马血管外张，奔跑流汗时看似流血，故称“汗血马”。这些马为汉朝征讨匈奴立下了汗马功劳。

蒙古马是世界名马之一，在世界各地享有较高的声誉。蒙古马个头不算高大，但耐力却是全世界最好的。当年成吉思汗的大军骑跨蒙古马，所向披靡，横扫欧亚大陆。在成吉思汗的铁流中，每位骑兵拥有数匹蒙古马轮换骑乘，不要一切辎重，席地而卧，刺血而饮，翻越高加索山，神速攻入伏尔加河流域，大败俄罗斯大公的联军，直抵匈牙利边境。

“天马”就是今天的伊犁马。西汉时期，西域乌孙就出产良马。乌孙国常常向汉朝的皇帝进贡良马。汉武帝非常欣赏乌孙马的优良品质，并亲笔赐名“天马”。此后，乌孙马便有了“天马”的美誉。从清朝收复新疆到 19 世纪 90 年代的 100 多年中，清政府在伊犁各地建立多处马场，培育该马的良种，以供军需。清军乘骑伊犁马之后军威大振，声震八方。

露重宝刀湿——马刀：划出了多少江山

雪亮的军刀，矫健的骏马，威武的骑士，马队在古阴山脚下纵横驰奔，卷起滚滚黄尘。骑兵最经典的斩劈技术表演开始了。在开阔地上，150 米的距离内竖着高低不同 7 个人体目标。一位骑手策马而来，在疾速奔驰中，从刀鞘中抽出马刀举过头顶，挥刀砍下。瞬间，模拟的人头滚落尘埃……这是电视剧《最后的骑兵》中的精彩一幕。

马刀是骑兵的主要兵器，很多马上得天下的王朝都是用马刀划出了江山。汉高祖刘邦白登被围后，为了增强骑兵战斗力，汉朝发明了利于砍剁、单面开刃的马刀。对匈奴以骑射为主的骑兵来说，一旦近身格斗，也只有挨宰的份。汉朝休养生息后，汉匈大战终于爆发。当时卫青任大将军，统数十万众，长驱数千里，直扑大漠。匈奴兵不愿放弃传统的优势骑射与汉军拔刀对砍，采取"退中打机会"的战术，不与汉军近战。卫青则出精骑直扑敌主营，攻其所必救，尔后以大军掩杀。精骑是由从住在边境的汉人中选出的精骑术、善格杀的壮丁组成，每战必先出动咬住敌军主将。匈奴兵只好与汉军硬扛，汉军则发挥近战优势痛歼敌军。正是有了配备马刀的优秀骑兵的支持，后来才有陈汤"明犯强汉者，虽远必诛"的豪言壮语。始有强汉，后有盛唐。当时强大的唐骑兵高举着马刀，身体同马背成45度夹角，一路砍杀，打到中亚。对唐帝国的势力范围而言，马刀就是开路先锋。再后来，马刀一直都是骑兵的必备武器，直到后来的人民解放军。1949年后，我军唯一的制式骑兵军刀叫作65式骑兵军刀，它是1965年由南京某军工厂生产并列装的。该刀的前身为抗日名将彭雪枫所设计。1941年新四军第四师组建骑兵团，战术、技术师法苏联红军骑兵，称为"红色哥萨克"。但自幼习武、精通刀术的师长彭雪枫却没有采用苏军的高加索式马刀，而是博采众长亲自设计了一种马刀，刀身颀长，刀背轻薄，锋利异常。骑兵战士们爱不释手，称之为"雪枫刀"。在1942年洪泽湖地区沙山集一战中，骑兵团仅用9分钟即将300余名日军砍倒大半，80余名日军因恐惧而投降。

快走踏清秋——马镫：骑战升华的阶梯

马镫的产生和使用标志着骑乘用马具的完备，因而在军事装备发展史中具有里程碑的意义。战国及秦代的骑兵配有齐全的鞍鞯，还未出现高桥马鞍与马镫。没有这两件物品，骑兵无法与坐骑紧密结合，全靠双腿夹住马肚。骑兵一旦受力，很容易从马上滑落，这对马上的格斗战十分不利。所以当时的骑兵主要武器为弓箭，作战以骑射为主，少量地使用青铜剑、戟作战。因此，当时的骑兵都是依靠机动力进行侧面骚扰的轻骑兵，战场上真正的主力是战车和步兵。直到汉代出现高桥马鞍和马镫，骑兵才能使用刀和枪，才真正成为战场主力。最初的马镫只有单独的一个，用于帮助骑手上马。骑手上马之后，马镫就没有实际用途了。后来在原始马镫的基础上通过改良，制作出真正的马镫，就是现在大家很熟悉的双马镫。

马镫的发明几乎可以和轮子的发明相提并论。在军事上，它使骑兵上下马迅速，人骑在马上不易坠地，控制战马更加方便，骑马的姿势也更加潇洒自如。马镫解放了骑兵的双手，增加了战斗力。有了它，骑兵可以更轻松地在马上做各种动作，人类战争史才真正迎来了骑兵无敌的年代。另外，马镫的发明使得重骑兵的出现成为可能。穿上了厚重盔甲的骑手必须踏住马镫才能稳住身体，保持平衡。骑手们借助于马镫还可以把速度转化为强大的前向力，用长枪、长矛轻松地把步兵身上的重铠甲像捅纸一样刺透。

百战穿金甲——重甲：破灭了的无敌神话

当重铠甲与骑兵结合，重骑兵便在历史舞台上闪亮登场了。大规模的带甲骑兵轰轰烈烈地向对方阵营践踏而去，就像一个浮动的城堡，给步兵带来的不仅是伤害，还有心灵深深的恐惧。在我国，最早投入实战的重骑兵是在西汉，规模甚小。当时汉与匈奴皆有，但因其不适合大漠作战，很快消亡。东晋时期，鲜卑人组建了数万人的连环甲骑，即便是当时东晋第一名将桓温的百战精兵在面对这种全副铁甲武装的骑兵时也束手无策，晋军大败。从此重骑兵一战成名，各国（除东晋外）皆组建自己的重骑兵部队。这时的重骑兵对战争的作用还是很大的。重骑兵的作用不是杀伤多少敌人，其主要作战目标就是冲阵，毕竟它的防护力在当时是第一流的。先由重骑兵冲乱敌阵，等己方后继的轻骑和步兵将敌军分割，然后予以歼灭。

我国历史上出现的一支非常著名的重骑兵是金兀术的有“常胜军”之称的“铁浮图”。“铁浮图”是金兀术侍卫亲军，由 3 000 余名头戴双层铁盔、身披重甲的骑兵组成，每 3 个骑兵编成一队，居中冲锋。左右两翼配备轻骑兵 1.5 万名，常在战斗最激烈时突然出击，又称“拐子马”。郾城大战中，岳飞指挥经过专门训练的步兵手持“麻扎刀”和大斧专砍马腿，使敌军人仰马翻不得前进。双方从午后直战至天黑，金军大败。此战是金军的巨大失败，也是重骑兵的重大失败。金军将士被岳家军打怕了，胆战心惊地说：“撼山易，撼岳家军难！”此后，重骑兵一蹶不振。到了元代，随着强弓的出现，重骑兵逐渐淡出了历史舞台。

弯弓射大雕——弓弩：穿越时空的掠影

弓弩是骑兵最早使用的兵器之一，也是骑兵使用时间最长的兵器之一。我国古代北方的游牧民族几乎都是骑马射箭的高手。从匈奴、突厥到后来的蒙古、女真等，多少马背英雄“俯身散马蹄”“弯弓射大雕”，留下了无数故事和传说。

纵观冷兵器时代，蒙古骑兵不论在个人生存能力还是集团作战优势方面都堪称史上最强骑兵，这与他们擅长使用弓弩有着巨大的关系。一个普通蒙古轻骑兵的主要装备有一张强弓、一个强弩和两个装满箭支(60～80 枝箭)的箭囊，外加马刀。强弓是利用角质和木材外缠绕牛筋所制，满开的话需要至少 80 公斤的力量，射出的箭能轻易地穿透一头壮牛。这种强弓配上破甲锥后，可在近距离有效射穿重骑兵的正面护甲。

蒙古骑兵西征时，使用了一种灵活运用弓弩的战术，此战术堪称游牧战术的一种完美形式。遇到欧洲骑兵集团冲锋，他们先是在远距离用强弓射杀，以尽可能多地杀伤敌人和破坏对手的阵型，虽然对手是重甲骑兵，百步内蒙古骑兵也能做到一箭致命。等距离靠近再用飞行速度更快的弩箭，然后依靠自己快速的行动再次拉开和对方的距离，接着又是新一轮的箭雨……如此往复，最后等蒙古骑兵挥动马刀开始冲锋的时候，欧洲的骑士已经疲惫不堪所剩无几了。当时的蒙古骑兵经常利用这种灵活机动的战术以很少的部队歼灭敌人大量的部队。

兵器里的骑士情怀

2004 年 12 月 2 日《中国国防报》

在西方的历史上，骑士是指受过正式军事训练的骑兵，后来演变为一种荣誉称号，用于表示一个社会阶层。骑士是勇敢、忠诚的象征，每一位骑士都以骑士精神为守则，是英雄的化身。骑士的故事和传说成为一种文化现象，在历史的长河中不断传诵。

马镫：骑士时代的开端

历史上公认的最早的骑兵出现在 3 000 年前的亚述王国。公元前 216 年，西方的伟大军事天才汉尼拔带着他的 4 万名雇佣军，其中骑兵 1.4 万人，与罗马的 8 万名士兵在坎尼进行了一场激战，结果汉尼拔以 6 000 人的代价换取了 7.5万罗马人的生命。从此，骑兵作为欧洲战场的主力开始慢慢崛起。

早期,欧洲没有马镫。骑兵为了不从高速奔跑的马背上掉下来,不得不依靠自己的腿牢牢地夹紧马腹,并且抓住粗硬的缰绳来维持平衡。毫无疑问,这样的姿势是不可能冲刺杀敌的。到亚历山大率军东征、横扫中亚大地时,他的将士们的双腿还是在马腹的两边空荡荡地悬垂着,没有任何支撑。

后来,马镫由中国传入了欧洲,这个看似不大的历史事件改变了欧洲的命运。美国历史学家林恩·怀特说:“只有极少数的发明像马镫这样简单,对历史却产生如此催化剂的作用。”英国博士李约瑟把马镫对欧洲历史的神奇作用用一句话揭示出来:“就像火药在最后阶段帮助摧毁了欧洲封建制度一样,中国的马镫在最初阶段帮助了欧洲封建制度的建立。”马镫的使用为骑手们在马上找到了一个支点,使得骑兵更具备冲击力和近身肉搏的能力。欧洲人踩着中国的马镫进入了骑士时代。

长矛:骑士的标志

中世纪是骑兵的黄金时代。手持长矛驰马飞奔是这一时期骑士的标准形象,其中最有代表性的就是拜占庭的重骑兵。兴盛于查士丁尼一世时期的拜占庭重骑兵的骑手们身披铠甲,手持长矛或弓箭,每一个经过严格训练的军人同时兼有机动的“射击力”和“冲击力”。西方军史学者将这种骑兵称为“双重功效骑兵”。当年的卡西林纳姆会战最能体现这种骑兵优势。此次会战的对手是法兰克人,这些步兵都是富于攻击性的老练战士。交战时,拜占庭骑兵埋伏在两翼,正面为步兵集群。法兰克人首先突破了前几排拜占庭步兵。双方胶着于正面战场,正好为拜占庭重骑兵从两翼包围争取了时间。当法兰克人发现时,他们已经被拜占庭重骑兵包围。这些老练的步兵立即摆出密集防御阵型,准备抵抗拜占庭重骑兵的冲锋。但是拜占庭重骑兵并没有发起冲击,而是用弓箭狂射。本来,如果法兰克人疏散阵型,是可以减少被弓箭杀伤的,可他们害怕队伍一旦分散,拜占庭重骑兵就会提起长矛冲锋。结果在这样的犹豫中,法兰克人遭受了巨大的损失,最后败退。

中世纪早期的欧洲已经初步形成了封建骑士制度,即国王需要人员为他服役的时候,贵族都必须为国王提供一定数目的人员并配以武装和配备。由于骑兵装备与马匹的费用十分昂贵,所以大多数情况下只有贵族才具备参加战争的资格。查理曼大帝就是欧洲早期封建制度的建立者和受益者。凭借着贵族骑兵的支持,查理曼建立了盛极一时的加洛林帝国,而这些贵族骑兵则被后人称为“加洛林重装骑士”。这些持长矛冲锋的骑兵是公元 8 世纪骑兵的代表。

1071 年,土耳其人逼近拜占庭帝国的首都君士坦丁堡,同时塞尔柱人攻下了圣地耶路撒冷。1095 年教皇答应了拜占庭皇帝的请求,向西欧诸国发起号召,要求他们以上帝的名义去夺回他们的圣地。次年,十字军开始发动长达两个世纪的东征。马与长矛激起的历史烟云持续了 200 年……在十字军东征的这段时期,骑士们以教会的名义忏悔、战斗,为教会夺取土地,而教会以上帝的名义册封骑士,并将教会土地收入的十分之一供给骑士们开销,于是便形成了欧洲独特的骑士文化。

剑:骑士的精神

在中世纪的欧洲,剑是力量的象征、王权的代表。骑士的佩剑是骑士精神的化身,被赋予神圣的性质和独立的生命。将剑贴紧自己的额头单腿跪下,朝向受礼者是骑士的最高礼——骑士剑礼。欧洲有的国家明文规定:“骑士如被俘,不得用自己的剑当赎金。”“哪怕失去人身自由,也不能放弃自己的剑。”在骑士横行的中世纪,剑是骑士的主战兵器之一。这一期间,宽剑、短剑、长剑纷纷登场。

英格兰宽刃剑是中世纪欧洲骑兵军队最普遍的装备,长 900 毫米左右，单手挥动。剑有两刃，一击不中，不用翻腕即可回击。十字形把手多为铁或黄铜所制。剑柄末端常有一圆球，内部注铅，以维持用力砍劈时手腕的平衡。自罗马帝国没落后，这种兵器广泛地出现在各个战场上，从百年战争到苏格兰抗击英格兰的斗争中，都能见到宽刃剑的身影。影片《阿瑟王》中，阿瑟所使用的象征着骑士精神的正是这种剑。

罗马式短剑，这种武器的出现与罗马军队的作战思想有关，后来被中世纪的骑士所沿用。罗马军团作战时，首先是远距离投掷标枪，近距离御敌时用一人高的盾牌防护全身，又排着摩肩接踵的密集阵型，个人没有很大的回旋余地，故而使用的剑很短，主要用于刺击而不是砍削，长度一般在 300～400 毫米，格斗时尽量刺入对手的要害部位——心脏或腹部。后来的骑士使用这种剑主要是用于马下格斗。影片《角斗士》极为真实地为我们还原了这种格斗兵器。

长剑，宽刃剑的细长版，但仅有一侧锋刃。16 世纪，西欧盛行长剑。骑士多用它作装饰，或用来决斗。篮状手柄保护手腕不被割伤，可同时与多个对手作战。西班牙人是用此兵器的高手，绕着圈子快速出剑挑刺，煞是美观悦目。在《佐罗》和《三个火枪手》中，我们都曾领略到它的风采。

马刀：骑士的牧歌

到 18 世纪，剑逐渐为马刀所代替。中世纪后，马刀从东方传入欧洲，并很快在军队中广泛装备。这种刀盛行于中亚的游牧民族，设计得当，特别利于砍劈，其中以阿拉伯和土耳其以及波斯的最具代表。欧洲普遍使用马刀之后，一直沿用到骑兵消亡。

19 世纪正是法国大革命爆发和法兰西第一帝国时期。拿破仑是一个伟大的军事家，也是一个不折不扣的复古主义者。在欧洲诸国都放弃了重甲骑兵的时候，拿破仑为了重现当日罗马帝国的辉煌而重组了重骑兵部队。他们个个骑着高头大马，身穿10公斤重的胸甲，以马刀为武器与敌人作近身肉搏。然而没有有效的火力掩护，胸甲骑兵几乎不堪一击。在滑铁卢会战的时候，法军统帅内伊未经拿破仑批准，擅自指挥两万名胸甲骑兵在没有任何炮火支援的情况下对英军阵地发动冲锋，结果损失惨重。恩格斯称之为“人类历史上的最令人心痛的浪费”。后来火枪技术的成熟使得步兵在远距离杀伤上又一次走在了骑兵的前面。在高速的子弹面前，任何铠甲都变得脆弱，于是士兵们基本上又回到了布衣防具时代。就在大家认为冷兵器时代的王者——骑兵将要淡出历史舞台的时候，骑兵却迎来了又一次的高潮。因为当时的火枪发射以后填弹时间比较长，留给了骑兵足够的突击时间，并且步兵都是布衣，高硬度的钢制马刀可以轻易把士兵一削两半，于是人们又开始迷恋骑兵这个古老的兵种。为了提高骑兵突击的能力，人们还专门制作了枪管较短的马枪——卡宾枪。不过，骑兵的战斗还是以马刀为主。高高举起的马刀一个回旋就能把人头割下来，这种杀戮的恐惧和震撼是难以用语言来描述的。苏联红军的骑兵是这个时期的精英。《钢铁是怎样炼成的》里面，骑兵战斗的画面可以让我们充分了解这一点。

1920年，苏联骑兵和波兰骑兵挥舞着马刀在广阔的原野上进行了一场欧洲历史上也是人类历史上最后一次大规模空前惨烈的骑兵会战。霸气十足、豪气冲天、剽悍粗犷的哥萨克骑兵遭到了苏联成立之后的第一次惨败。而在十几年后，英勇的波兰骑兵也遭到了一次惨败。1939年，纳粹德国闪击波兰。面对从未见过的钢铁怪物——坦克，波兰骑兵毫不畏惧。他们擦亮手中的马刀，想象着和以往一样，用它痛宰敌人。当波兰骑兵举着雪亮的马刀像潮水一样向德军的坦克集群冲来的时候，德军都被吓呆了，竟然忘记了开炮。直到波军冲到近前，德军的枪炮才开始咆哮。勇敢的骑兵无助而绝望地用马刀砍着敌人的坦克，自己却被一批批地屠杀。这是欧洲历史上骑兵悲壮的绝唱。

火枪：骑士的骄傲

16 世纪，纽伦堡出现了第一枝燧发枪——转轮枪。这对骑兵来说应该是一个具有历史意义的一刻，从此骑兵的作战方法便开始发生重大变化。随着燧发枪的诞生，骑兵终于拥有了能够在飞驰的马背上射击的火器。最先大量列装转轮枪的骑兵是德国的雇佣军——黑衫骑士。他们以战争为业，职业敏感性使他们很快认识到转轮枪的价值。他们几乎都配备有多把转轮枪，少则四五把，多则七八把，俨然身背一座火药库。

在装备火枪的骑兵中必须一提的是龙骑兵。这个兵种最早出现要追溯到 1552—1559 年的意大利战争。法国人占领了皮特蒙德。为了对付随时可能在背后出现的西班牙人，当时的法军元帅命令他的火枪手跨上马背，于是就组建了世界上最早的龙骑兵。至于“龙骑兵”这个词的来历，则有两种说法：较流行的一种认为，当时该兵种使用的队旗上画了一头火龙，这是从加洛林时代开始的传统，龙骑兵由此得名；另一种认为，当时他们使用的短身管燧发枪被称为火龙，龙骑兵来自这个典故。17 世纪上半期时，龙骑兵的装束与步行火枪手相差无几，只是把鞋袜换成了靴子马刺而已。

1640 年英国资产阶级革命时期曾有一支威震天下的克伦威尔“铁骑军”，它是英国资产阶级革命的生力军。骑兵们身着轻便的盔甲，使用单面开刃的长剑，有时用传统的战斧，装备手枪，偶尔有军官扛着一杆长长的马枪。在单打独斗中，这些人也许不是正规骑士的对手，但作为一个整体却行动得更有效率。

欧洲之外还有一支至今仍名声显赫的队伍，那就是美国的王牌骑兵第 1 师，它是美国陆军历史中最为悠久的部队之一。凶猛剽悍、作战能力很强的骑兵第 1 师曾参加过二战、朝鲜战争、越南战争以及海湾战争等重大行动。虽然其装备不再是火枪和马刀，但“骑兵师”的名称却一直被保留了下来，这也算是对这个古老而伟大兵种的一种纪念吧。

鲜为人知的“齐柏林”行动

2005 年 6 月 13 日《中国国防报》

1942 年，纳粹德国企图暗杀斯大林，还专门为此组建了特种破坏小组，其成员都是训练有素的间谍。该秘密行动被称为“齐柏林”行动，行动由纳粹德国安全局第六处负责。

执行这次任务的人叫波利托夫，原是苏军的一名连长，1942 年 5 月被俘后投敌。他指望投敌可以得到一个市长的位置，但最终却被送到了间谍学校，并搭上了一个叫希洛娃的无线电报务员和译电员。

一个工程师小组为该行动研制了专用武器，包括口径为 60 毫米的短管无后坐力火炮，该炮的空心装药穿甲弹能打穿 45 毫米的装甲。该炮用皮带捆在右胳膊上，装有按钮发射装置。纳粹分子的计划是，让携带了一切必要证件的间谍潜入莫斯科，跟踪斯大林的“派克”轿车。当车像往常一样从克里姆林宫开往别墅时，用特制的短管无后坐力火炮把车连同车里的人一起打成碎片。

为了把波利托夫和他的女伴，也就是证件上所说的“塔夫林夫妇”送入莫斯科，纳粹分子仿制了苏联产的 M－72 型摩托车，并且打算用“阿拉多-232 型”飞机把摩托车和他们一起送到莫斯科郊外。这种飞机经过了专门的改造，装上了 20 个轮子的起落架，以便在未经准备的不良场地上起飞和降落。但行动最终还是失败了。

首先，在德军占领的里加的苏联地下工作者发现了一个异常现象：一家服装店收到了奇怪的订单，要求立即缝制一套俄罗斯风格的皮大衣，但袖子要肥大，里面要有宽大的口袋。这引起了苏联情报人员的警觉。后来，在里加附近的飞机场上飞来一架奇怪的飞机，情况越来越清楚了，德国人是在准备搞秘密行动。

一天夜里，那架奇怪的飞机起飞后向莫斯科方向飞去。情报人员马上汇报，苏军加强了对通往莫斯科一线的空中巡逻，并命令防空炮兵提高战备等级。结果“阿拉多”真的与苏军一个防空连遭遇了。在苏军的炮火威胁下，德国飞机紧急迫降。两个恐怖分子立即驾驶摩托车向莫斯科方向驶去，很快，他们碰上了苏军巡逻队。令巡逻队长感到不对劲的是：从证件上看，摩托车应该是在倾盆大雨中行驶了大约两百公里，可这两个人身上却几乎没有湿。就这样，两个恐怖分子被生擒，刺杀斯大林的阴谋也就破产了。

夜空“钢蝴蝶”和波-2

2005 年 6 月 22 日《中国国防报》

一群苏联女飞行员驾驶着胶合板做的飞机，用手投下炸弹，炸得德军寝食难安。她们宛如翩翩的“钢蝴蝶”，在二战的夜空中留下了永恒的身影。她们利用小飞机轻便、无声的特点，担负起运送物资、轰炸德军的任务，为反法西斯战争的胜利贡献出了自己的力量。

塔曼第 46 近卫航空团曾是世界上独一无二的女子夜航轰炸机部队，荣获过红旗勋章和苏沃洛夫勋章。团里清一色是女战士。有一次，上级给她们派来了一个负责无线电技术的小伙子。可是，第一个星期日洗澡时，发给他的竟是全套女子内衣，他马上就要求换岗位，免得受女伴们欺负。当时这些女兵最小的才 17 岁，最大的也就 23 岁，可就是这样一支特殊的队伍里出了 25 名战斗英雄。在战争中，第 46

航空团共有32名战士牺牲在敌占区上空。居民掩埋了她们的遗体，在坟前立了个“这里长眠着无名女战士”的小木牌。

“钢蝴蝶”们驾驶的是波-2式双翼飞机。这种飞机是由胶合板制作而成的，速度仅为120～140公里/小时。遇到强逆风时飞机会被吹得悬停在空中。但是，这种飞机也有明显的优点。比如它特别容易操纵，在接近目标时可以关掉发动机悄无声息地在敌人头顶投炸弹，专炸司令部、军火库和渡口等要害目标。她们还负责运送弹药、药品、食品和邮件。有一次，苏联空降兵占领的克里米亚一个小渔村被德军包围，急需弹药。勇敢的“钢蝴蝶”趁着夜色把飞机的飞行高度降低到30米以避免敌军的炮火，飞机飞到了空降兵阵地上空。扔“包裹”前，她们对地面的战士大声喊着：“小心，弹药来了！”就这样，她们精确地完成了任务。

波-2载重量非常小，但强项是投放精确。她们的投弹虽然不能让敌军损失惨重，但是可以搅得敌人夜夜不得安宁。德军终于忍无可忍，从西线调了梅塞施米特-110式歼击机来对付“钢蝴蝶”们。1943年7月31日半夜，梅塞施米特-110式歼击机打掉了4架女飞行员们驾驶的飞机，8名女飞行员遇难。但聪明的姑娘们很快就学会了识别敌机。只要目标区上空仅有探照灯光柱，而高射炮保持沉默，就说明有德军“夜贼”在附近巡行。自救方法只有一个：尽量低飞。但她们投弹时，飞行高度又不能低于300米，否则弹片就会伤及胶合板飞机的机舱。

第46近卫航空团共执行作战任务2.4万多次，投弹3 000多吨。战斗中，女战士们将要投的小型炸弹放在膝盖上，到达目的地之后，她们用手把炸弹扔出去，这在现代飞行员看来简直就是天方夜谭。秋冬季黑夜长，她们 夜最多要完成15次飞行任务。

苏军误打误撞　德诡异武器夭折

2005 年 11 月 1 日《中国国防报》

1942 年，被围困在列宁格勒（今圣彼得堡）的苏军开始突围。有一支进攻部队被加强了 20 辆轻型坦克，可是它前进的道路被一片泥泞难走的沼泽地拦住了。一名通信兵经过多方打探得知，早在沙皇俄国时代，这里的人就用木头铺设了一条 5 公里长的能穿过沼泽的道路。随着时间推移，路面开始下沉，如今早已难以辨认。当地也很少有人记得这条路的存在。苏军指挥部最终决定，利用这个条件深入德军集团后方发动突然袭击。

清晨，天刚破晓，侦察员们在护林员的带领下踏上了那条木头铺的道路，用特制的路标给能够通行坦克的浮路做上标记。5 时 30 分，20 辆坦克搭载着步兵小心翼翼地通过了浮路。经过认真侦察的道路出色地经受了考验..

德国人完全没有料到苏军的出现。当他们猛然见到苏军时，只想尽快撤退，丝毫没有组织反击。在被击毙的德国人中有相当多的人身着便装。这里树林非常浓密，敌人到底有多少、位于何处，很难得知，所以苏军在行进中非常小心谨慎。大约到9时，苏军战士发现一小股分散的德国人正沿着另外一个浮桥渡口仓皇逃窜。这一条浮路是德国人用航空汽油桶铺成的。苏军战士对所在的地方进行仔细的搜索，终于弄清楚，他们正位于一个四周环绕着沼泽地的岛上。在进行进一步的搜索时，战士们碰到了一个不大的庄子，里面除了一些布置得非常考究的简易木质住房外，还有几个装修成车间和设计所的房子，他们在那里发现了大量的图纸、铅笔、直尺和绘图板。

这时，侦察员报告说他们在树林深处发现了一些奇怪的大坑，坑里放着很奇怪的高射炮。坦克兵沿着新开出的林间道路走了大约1公里，来到了两个相距约100米远的宽大直角形大坑前。在每个大坑的中央都放着4门大口径高射炮。4门炮排成正方形，中间是一个带栅栏的碟状物体，上面成千上万面镜子在阳光下闪闪发光。坦克兵们跳进一个大坑，开始查看那些战利品。他们看到，所有的大炮都配有自动炮闩和带有电动机的瞄准系统，而且，它们还通过一些胳膊粗细的电缆连着一个奇怪的镜子。两组大炮上都有电缆通向两个大坑之间的小树林。在小树林的伪装棚下面，有一个安装在拖车上的大功率柴油发电机。整个系统的控制台位于约20米外的一个带枪眼的木质岗棚里。坦克兵立即与指挥部联系，报告情况。上级下达命令，要求他们尽可能地带走设计所和大坑里发现的所有东西。

得到命令的士兵们开始拆卸。突然，从一个探照灯下面蹿出了火苗，并发出了爆炸声，镜子和机器被炸成无数个碎片。由于担心高射炮弹仓库再发生爆炸，苏军战士们尽快撤离了这个危险的地方。

后来经过证实，苏军此次误打误撞的诡异武器是德国人制造的能够在夜间发现、跟踪和击落苏军轰炸机的自动高射炮。德国发明家进行了捕捉窄束探照灯光束反射的试验，并将其用于武器设计，于是有了这种诡异的高射炮。用探照灯引导目标是借助于电动机实现的，从飞机上反射回来的光线一旦被聚焦于抛物面的焦点上，操纵火炮射击和重新装弹的装置就会自动接通。为了提高射击命中率和炮火密度，每个探照灯装置都配有 4 门火炮，这样，射击效果就提高了。当然，从高空的飞机上反射回来的光线很微弱，而且地面上的漏光轻易就能使这套复杂的光学系统陷于瘫痪。但是，德国设计师充分考虑到了这一缺陷，所以他们把试验场地建在了距离居民点数十公里外的沼泽岛，并把高射炮放在密林中的大坑里，这就为防止发生漏光提供了双重保障。

冷的兵器勇敢的心

2005 年 12 月 4 日《中国国防报》

刀枪如林，遮天蔽日，烟尘滚滚，战马长嘶。如果你看过影片《勇敢的心》，一定会被其壮阔而激烈的战斗场面所震撼。片中挥舞着长剑、斧头甚至是棍棒的苏格兰民众像潮水一样涌向全副武装的英格兰军队。他们为自由而战的英雄气概连同冷兵器时代特有的作战场景，深深地印刻在观众脑海里。

在人类发明火器之前，冷兵器是战场上当仁不让的武器主角。利用冷兵器进行作战，双方进行的是面对面的肉搏，战斗异常残酷。而正是这种铁与血的碰撞更反衬出了作战者威武勇猛的形象，许多英雄的传说正是与他们的兵器一起千古流芳。关云长手提青龙偃月刀温酒斩华雄，穆桂英挥舞一条亮银枪大破天门阵，程咬金阵前“三板斧”扬威瓦岗山，铁木真弯弓射大雕英名百代传。即使提到很多国外的英雄，我们也能非常自然地联想到他们的兵器，比如佐罗的佩剑、罗宾汉的长弓，当然还有威廉·华莱士的巨剑。英雄与兵器的完美结合才铸就了如此多的传奇，难怪古语道：宝刀赠英雄。

冷兵器时代，由于武器的杀伤力很有限，作战部队为了形成武器的合力，往往采取布阵的方法。历史上著名的亚历山大军团、古罗马军团都是排兵布阵的典范。军队用布阵的方法形成严密的队形，并将长短兵器交替配置以便互补，从而形成合力，有效地发挥了武器的效能。这种方阵就如同插满了刀枪的可移动的城池，进可攻、退可守。在旷野上，一望无际的方阵喊着震天的口号，迈开有力的步伐，将大地都踏得震动起来。这种气势绝对给人一种"黑云压城城欲摧"的感觉。

为了对抗这种方阵，后来诞生了一种由骑兵、弓箭兵和步兵相互配合的作战样式，影片《勇敢的心》中英格兰军队所使用的正是这种作战样式。他们首先用弓箭从远处射杀对方的士兵，以尽可能多地在直接肉搏前削弱对方的力量。接着，他们就亮出"杀手锏"——重装骑兵。这些骑兵自己和马匹的身上都披了厚甲，一般的刀剑很难伤到他们。重装骑兵作战时排成长排，端着数米长的长矛进行集团冲锋。依靠马匹飞奔带来的巨大冲量，他们的长矛可以轻松地刺穿敌方士兵的胸膛，即使对方也有铠甲的防护。他们的马蹄踏着大地仿佛敲响隆隆的战鼓。这支冲锋的队伍在那个年代就相当于一支所向披靡的坦克集团，几乎无法阻挡。当重装骑兵将敌军方阵冲得七零八落之后，轻装的步兵再如潮水一般淹过去，将对方杀得片甲不留。

影片中的英格兰军队在当时可谓是装备精良的"现代化"部队，那么与之作战的苏格兰民众面对强敌又是如何在关系存亡的一战中取胜的呢？主要原因有两个：一个是"气"，一个是"谋"。在开战之前英格兰军队想以大兵压境之势迫使苏格兰民众投降。威廉·华莱士在阵前向同胞们做了一个激情澎湃的战前动员。苏格兰民众胸中对敌人的愤怒之火被点燃，一个个如上了弦的箭，攒足了力气，只等着射向敌人的一刻。开战之后，华莱士首先来了一个“引蛇出洞”。当敌人开始射箭的时候，华莱士命令己方的骑兵假装逃跑。敌人误以为对方已大乱，于是派出重装骑兵进行冲击。当骑兵即将冲入阵营时，华莱士命令大家把事先削尖的长木棍冲着敌人竖起来。敌人躲闪不及，被撞得人仰马翻。骑兵冲击失利，敌人恼怒地派出步兵进攻。而此时迂回到敌人背后的苏格兰骑兵冲入敌阵，将脱离了步兵保护的弓箭兵杀了个丢盔弃甲。最后，苏格兰的骑兵和步兵前后夹击，将敌军步兵打得落花流水，取得了重大的胜利。可见，在冷兵器时代，以劣势装备战胜优势装备之敌，士气和谋略是取胜不可或缺的重要因素。

没有终结者的世界

2005 年 12 月 20 日《中国国防报》

在武器发展的历史长河中，人类发明和制造的武器组成了一个精彩纷呈的世界。在这个武器世界里，也曾有过某些武器“一统天下”的短暂局面，可是有矛就有盾，不久就会出现一种新武器，来挑战“霸主”的地位。武器发展的轨迹就像一条螺旋上升的曲线，伴随着人类社会的进步而不断向上延伸。

冷兵器时代，人们通过增加兵器的攻击距离来实现其战场优势，于是，拥有强弓硬弩的军队往往成为战场的主宰。中国的历史上，十年横扫六合、统一天下的秦军就非常重视使用弩箭。2 000 多年前，秦人就执着于标准化的兵器生产。秦军使用的弩机制作得十分标准，其部件可以互换；秦军用的箭更是精准，对兵马俑坑中发现的 4 万多支三棱箭头作20倍的放大投影，轮廓误差不大于150微米，放大投影同现在的步枪子弹惊人的相似！这样的箭飞行平稳，速度快，命中率又极高。秦军在作战时，先用强弩投射兵器。敌军在接触秦军之前，先受到秦军长距离箭雨的冲击，而敌军弓箭射程远不及秦弩，这使秦军面对众多对手时都处于不败之地。后来，曾经横扫亚欧大陆的蒙古骑兵尤为擅长骑射。当强弓与骑兵结合得几乎完美之时，冷兵器时代的其他对手就陷入灭顶之灾。

历史的车轮进入14世纪，热兵器登上历史舞台。在欧洲战场上冷兵器和热兵器共用的时代开始了。强弓硬弩的优势地位遭到火器的强大挑战。18世纪末到19世纪初，近代枪炮的发展使火力逐渐成为战场的主宰力量。拿破仑时期将这种作战样式推向高潮，从而宣告冷兵器的辉煌时代彻底结束。

当交战双方都热衷于发展枪支和大炮的时候，战场便成为一个可怕的“绞肉机”。火炮阵地、碉堡群、铁丝网、雷场组成一层层的铜墙铁壁，双方无论谁想前进一步都要付出惨痛的代价，一战中凡尔登会战就是典型。如何冲破敌人的层层防线而又能有效地保护自己呢？人们陷入了苦苦的思索。终于，武器世界的“新宠”登场，并很快独领风骚。自动武器和机械化装备主宰了战场，并在二战中达到巅峰。战争步入火力、突击力和防护力相结合的时代。一时间，战场上飞机轰鸣、坦克横驰，铁与火激情碰撞；闪击战、空地一体战、大纵深联合作战纷纷登场；巴顿、朱可夫、隆美尔、古德里安等一连串令人心潮澎湃的名字四海传播。战争似乎成了一个舞台。人们将创造力发挥到极致，制造出不计其数、各式各样的武器，碟状飞行器、水下坦克、两个机身的飞机等等都闪亮登场。这些传奇武器的光环令人们对战争感到眼花缭乱。但战争毕竟是残酷的。为了最大限度地杀伤敌人，人们把目光聚集在具有超强杀伤力的“终极武器”上。

终于,原子弹诞生了。以核武器的出现及它被纳入大国军事体系为标志,军事发展到了核时代。当人类拥有足以将地球毁灭上百次的能力之后,人们却更困惑了:这种武器不是终结了战争,反而可能是终结了人类。达摩克利斯剑已经悬在了人类自己的头顶上。

1991年海湾地区爆发的那场战争令全世界眼前一亮:原来战争还可以这么打。随后以信息技术为龙头的新军事革命在全球兴起。目前,它正在以前所未有的广度和深度影响着整个军事领域,势头方兴未艾。现代化的航天和通信技术、信息化的指挥和控制手段与智能化的精确打击武器结合在一起,续写着武器世界新的里程碑。

那么明天,谁又将是武器世界新的"一代天骄"呢?其实,这个世界没有终结者。

他率 B－25 机群轰炸东京

2006 年 1 月 2 日《中国国防报》

詹姆斯·杜立特尔是二战中的王牌飞行员。他因率领轰炸机群轰炸东京而被美国人誉为“民族英雄”，也因而荣获美国的最高荣誉——国会勋章。这位传奇的飞行员一生都在与飞机打交道。在他的生活中，驾驶飞机创造世界纪录就像是“家常便饭”。

1896 年 12 月 14 日，杜立特尔出生在美国加利福尼亚州阿拉美达市一个普通的木匠家庭。他年轻时非常喜爱拳击运动，还曾是美国太平洋沿岸最轻量级的冠军。但在莱特兄弟发明了飞机后，思维敏捷、争强好胜的杜立特尔很快便对航空产生了兴趣。他甚至自己动手造了一架小飞机，不过可惜这架小飞机在试飞时被大风刮坏，没能升空。

1917 年 10 月，21 岁的杜立特尔加入了美国陆军通信兵预备航空队，在圣地亚哥附近的一个机场学习飞行技术，驾驶的是寇蒂斯公司的JN－4教练机。虽然杜立特尔个子矮，身高只有1.69米，从机舱的一侧向外望出去都有些困难，但这并没妨碍他成为一名优秀的飞行员。可能是天赋使然，仅经过6小时带飞训练他就能放单飞了。第二年3月，他由于飞行技术优秀，被任命为飞行和枪炮教官。

1922年9月4日，杜立特尔名扬全美。这天，他驾驶一架DH－4B型飞机，从美国东海岸的佛罗里达飞到西海岸加州的圣地亚哥，空中飞行3 481公里，用时21小时19分，第一次完成了一天内横跨美国本土的飞行。此后，杜立特尔又连创佳绩。1925年，他驾驶一架寇蒂斯公司的R3C－2水上飞机，创造了397公里/小时的水上飞机速度的世界纪录。

1928年，杜立特尔成为美国驾机完成筋斗特技动作的第一人。1929年9月24日，杜立特尔开始挑战浓雾，摸索在恶劣气象条件下仅凭仪表飞行的经验。他把飞机后舱用帆布盖起来，只凭仪表驾驶飞机。为保证试飞安全，前舱的飞行员被要求不到万不得已不准操纵驾驶。这次冒险行动，杜立特尔飞行了24公里，成功完成了起飞、大起落航线飞行和着陆的动作。

1930年杜立特尔退役，到壳牌石油公司任职，但他仍不忘自己热爱的飞行事业。1936年，他又一次驾机完成了横跨美国大陆的飞行，这次仅用时12小时。

1940年7月，当希特勒的军队在欧洲横行的时候，杜立特尔放弃壳牌公司待遇优厚的工作，重新服役，被委派指挥中程轰炸机部队。珍珠港遭日本偷袭后，美国总统下令：一定要回击日本！1942年4月18日，杜立特尔率领16架B－25轰炸机，从“大黄蜂”航母上起飞，首次对日本首都东京进行了大轰炸。而轰炸行动的成功也成就了杜立特尔在美国人心目中的英雄地位。当他返回美国后，立即从中校晋升为准将，并荣获代表美国最高荣誉的国会勋章。对他在二战中的突出表现，美国陆军统帅马歇尔将军给予了这样的评价："他是一位非常优秀的指挥员，在战争中具有非凡的聪明才智和顽强的毅力。"

1959年，杜立特尔退出预备役，时年63岁。1985年，鉴于他对空军的突出贡献，里根总统和国会授予他荣誉四星上将军衔。

巴拉迪的梦想剧场

2006 年 1 月 16 日《中国国防报》

2005 年诺贝尔和平奖授予了国际原子能机构总干事穆罕默德·巴拉迪，以表彰他在阻止核能在军事领域的使用以及在和平利用核能等方面做出的贡献。巴拉迪在领奖时说了一句发人深省的话："希望有一天，核武器会成为文物摆放在博物馆里。"不知当年为研制核武器而做出牺牲的人们听到这句话会作何感想。

原子弹研制工作后期，负责支持原子弹引爆试验的加拿大著名科学家斯罗廷用双手果断地掰开了即将滑到一起的两个铀块，阻止了一场可怕的核爆炸。他本人却因此受到了致命的核辐射，几天后便离开了人世。人们为了表彰这位卓越科学家的献身精神，赞誉他是"用双手掰开原子弹的人"。不过，这位英雄当时可能并没有想到核武器会对人类的命运造成如此深远的影响。

核武器从潘多拉魔盒中跳出之后，便给人类生存带来了巨大威胁。美国制成原子弹后仅 4 年，苏联也进行了核试验。又过了三四年，两国都制成了威力更大的氢弹。到 20 世纪 60 年代中期，美苏都有将对手毁灭十几次的能力，附带的核污染会波及整个北半球。更可怕的是，核爆炸的烟云会长时间阻隔阳光，气温骤降会形成全球的“核冬天”，世界上所有农田将颗粒无收，掩蔽所中钻出来的人即使不丧命于原子弹也会活活饿死。核武器使战争手段发展到极致，也导致爆发世界性核大战不会有赢家。即使有少量幸存者，人类几千年创造的文明成果也将毁灭殆尽。难怪有人说，人类下一次战争若使用核武器，再下一次战争就只能使用木棒了。

如果说核战争离我们还有一段距离，那么核污染却已经实实在在成了威胁人类生存的重大现实问题。美国为保护本土，选择在太平洋进行核试验。1946—1958 年间，美国仅在马绍尔群岛就进行了 67 次核试验。这些核试验不仅将这个风景秀丽的热带天堂变成了充满核辐射的地狱，也让附近太平洋海域的环境遭受到永久的破坏。在这些地区，残留的放射物经历了近 60 年的风雨，早已经混杂在土壤中，使得当地生产的食品和饮水都成了辐射污染源，人们不得不从外地运来必需的生活用品。另外，沉没在海底的核武器也随时会威胁到人类的生存。1989 年 4 月，苏联的核潜艇在挪威北部海域因失火而沉没，42 名官兵葬身海底。如今，这艘携带大量核炸弹的沉船成了一枚可怕的“定时炸弹”，令斯堪的纳维亚半岛的诸国日夜不安。据不完全统计，全世界沉没在海底的核弹有几十枚之多。更严重的是，它们的保险装置在不断老化，谁也无法预测它们将会给人类的明天带来什么。

诺贝尔有一句名言：“人类从新发现中得到的好处总要比坏处多。”如果全世界人民能以持久的努力禁止使用和最终销毁核武器，核能对人类将不会产生毁灭作用而只会带来福音。希望和平能够永驻，希望核武器真的能够成为博物馆中的陈列品。

问戈哪得坚如许

2006年2月19日《中国国防报》

戈是古代中国特有的兵器。在中国的青铜时代，它是军队装备的标准兵器，就如同现在的单兵装备制式步枪一样。

作为我国最古老的兵器之一，戈的出现可以说比汉字的发明还要早。在距今4 000年前，戈就已经问世了。目前所能见到最早的青铜戈是在河南省偃师县二里头遗址中发现出土的两件铜戈。作为中国古代早期最重要的兵器之一，戈的名称和形象在处于初创时期的汉字中被大量地保存下来，许多与军事、战争、杀伐、兵器相关的汉字都少不了有“戈”字作组成部分。有人对“武”字进行了拆字，提出了“止戈为武”的解析。按这种说法，“武”的含义就成了“制止或停止兵事”。从流传至今带有“戈”字的词汇中，我们就能体会出当时军队中该兵器的重要地位。奠定商朝灭亡的牧野之战中，商纣王组织起来的军队在阵前起义，配合武王的大军杀向殷都，于是有了"阵前倒戈""反戈一击"等成语。当然，大家最熟悉的一个与戈相关的词要数"干戈"。在古书中，进攻性武器戈和防御性武器干（盾牌）的合称——干戈成为武器的泛称，而"大动干戈"一词就是战争的同义词了，"化干戈为玉帛"则又成了人们期望和平、渴求安宁心愿的真实写照。

戈在中国历史上具有重要地位，不仅因为它是当时军队装备数量最多的制式装备，而且它也是早期唯一的一种专门为作战而制作的兵器，其他兵器如刀、斧等都是从各种工具转化而来，所以戈的出现意味着专门化、职业化军队的出现，而专业化的军队又是国家（文明）出现的重要标志之一。

在商周时代军队主要的作战方式是车战。战车的主要作用是冲击。战车上中间一个人是驾车的；左边一个人称车左，主要负责射箭；右边一个人称车右，负责持戈杀伤敌人战车乘员。当时作战的时候，如果相距远了就用弓箭来射对方，当两个车靠近的时候，一定要用己方的车的右边去找对方车的右边，因为两个拿戈的人都站在右边。当两车错车的时候，双方的车右持戈互击，这就叫一个回合。像戈这样的兵器不但可以砍击敌人，而且可以钩住对方，依靠战车飞驰的拉力将敌人钩杀，所以它特别适合于车战，这也是戈在商周时代始终占主导地位的重要原因。

周代的作战方式跟礼制是联系在一起的。交战时如果看到对方国君，持戈的士兵要从车上跳下来，把头盔摘掉，解下甲胄，然后再跳上车跟他打。在晋楚邲之战中，晋军的一辆战车遭楚军追击。负责射箭的车左射得就只剩一支箭了，这时他看见前边跑来一个麋鹿，便一箭射在麋鹿的背上，然后回过车去。持戈的车右下车，拿着这个麋鹿献给对方的主将，说："现在打仗了，没有什么东西可以送礼，那么把这个送给你，可以给你的手下去吃。"对方的主将看他们很讲礼数，便把他们放走了。这就是当时的打仗。

战国是一个“兵戈乱浮云”的时代。这一时期，戈作为主要武器已发展到它的极盛，不但铸造精美、纹饰华丽，而且还有用黄金来错嵌纹饰的。戈在战国时期发展到了顶峰，同时也是它衰落的开始，以后它逐步被淘汰。随着时间的推移，戈已经成为人们心目中的古老的武器而被逐渐淡忘，唯有由“戈”字构成的有关战争的文字、言词流传千古。

亮剑要亮什么样的剑

2006 年 2 月 27 日《中国国防报》

前不久热播的电视连续剧《亮剑》让人看了热血沸腾。李云龙亮出的剑是一柄以弱胜强、豪迈无畏的精神之剑，而不是一柄锋利无比、慑敌胆魄的宝剑。敢亮钝剑是一种冲天的勇气，亮出宝剑则是一种无敌的威严。

说到宝剑，我们不妨先来看看中国古代的秦军。2 000 多年前所向无敌的秦军手里亮出的是一柄锋利的长剑。据 19 世纪英国古兵器学者理查伯顿考证，在短兵器格斗中，刺要比砍更有优势，因为它更逼近对手。秦军的长剑比对手的剑要长出大约 300 毫米，在格斗中显然威力更大。这是秦剑加长的主要原因。手持长剑的秦军勇气倍增，在敌人面前就敢于亮剑。

但是，秦军的对手为什么不弥补自己的短处，不把自己手里的剑也加长呢？因为这需要高超的铸剑技艺。

当时军人所用的剑大都是青铜剑。在以青铜为主要原料来制造武器的时代，铸剑的关键在于冶炼时向铜里加入多少锡。锡少了，剑太软；锡多了，剑硬，但容易折断。对秦剑作化学定量分析显示，它的铜锡配比让青铜剑的硬度和韧性结合得恰到好处。但秦剑更让人着迷的地方是它的外形。秦剑的外形设计使它的受力部分得到加强，而又保持一定的弹性，同时剑身又不过于沉重。秦剑是青铜剑铸造工艺的顶峰，它的长度、硬度和韧性达到了几乎完美的结合，攻击性能也因此大大增加。司马迁记载，秦始皇只用剑一击就使刺客荆轲倒地不起。不光是秦剑，兵马俑坑中发现的各种兵器在战场上都有优异的表现。它们是秦军从几百年的战争实践中优选出来的。秦人将优选兵器的技术标准固定，再通过国家法令将这些技术标准发放到所有的兵工厂。尽管按今天的工业标准看，这些兵器的标准化仍旧是比较粗糙和初步的，但是，在2 000多年前，秦人就执着于统一标准制造兵器。从这点来看，他们远远地超越了自己的时代。秦军用十年时间便完成了统一中国的战争，保证所有秦军战士使用当时最优秀的兵器是一个重要原因。

我们大力提倡亮剑精神。以劣势装备战胜优势装备之敌，是我军的法宝。在特殊的历史条件下，我们依靠大无畏的亮剑精神，依靠剑不如人但剑法高于人的智慧赢得了胜利。但我们也深深地知道，要在强手如林的擂台上站稳脚跟，不仅要有亮剑的胆魄，做一个剑法高手，而且还要做一个铸剑的高手。古人能十年磨一剑，今天的我们又何尝不能。在研制武器上多些创造性、多些亮剑精神，才能炼制出我们自己的绝世宝剑，让“新世纪的李云龙”剑锋所指，所向披靡。

超级特工的精彩战斗

2006 年 3 月 22 日《中国国防报》

袁殊，1911 年出生于湖北蕲春，1929 年到日本留学，回国后担任“中国左翼文化总同盟”常委，创办《文艺新闻》。他有多重身份——军统、中统、青洪帮、日伪，然而他的秘密身份却是货真价实的中共特科。

他巧妙开拓情报来源，一人身兼五重身份

1931 年 10 月，袁殊加入中国共产党，之后立即转入特科工作。1932 年春，通过表兄贾伯涛的关系，袁殊见到上海市社会局长、中统头子吴醒亚，打入了中统内部。后来他由吴醒亚介绍，成为新声通讯社的记者，从而可以出席南京政府的记者招待会，并在期间认识了日本驻沪领事馆的副领事岩井英一。

当时，中日正在谈判，谈的是货币兑换率与关税问题，这自然成了新闻界的抢手货。由于袁殊有岩井渠道，消息又快又准，这位“涉外”记者立即成了红人，连吴醒亚对他都刮目相看。过了一段时间，岩井便开始每月支付袁殊200元的“交际费”，这样，他又成了日方的情报人员。自然，这是得到中共地下党负责人的批准——成为“三重间谍”。不久，岩井又安排袁殊到了日本。

回国后，袁殊为了加强自身的保护色，开拓情报来源，于1937年4月加入了青洪帮。1937年6月，潘汉年以八路军驻沪办事处主任的身份回到上海。从此，直到1946年去解放区，在潘汉年的导演下，袁殊成功地演出了一场场出色的情报战。

当抗日战争爆发后，戴笠一时找不到熟悉日本问题，又有相当的日本关系的人。杜月笙提醒他，有一个叫袁殊的日本留学生与日本领事馆副领事岩井英一关系不错，戴笠听了很高兴，于是亲自登门拜访。袁殊感到事关重大，立即去请示潘汉年。潘汉年沉思了一会儿，说：“这是件好事，机会难得，你千万不可错失良机，答应戴笠的一切要求。”戴笠给袁殊安排了两项任务：一是搜集日本方面的情报；二是坚持留在上海，不管时局有怎样的变化。就这样，袁殊又多了一个身份——军统，加上中统、青洪帮、日伪以及货真价实的中共特科，则是五重身份了。这在中国情报史上也是绝无仅有的。

他获取了日军南进情报，为苏军兵力部署提供有力支持

从此，袁殊通过各种关系，大量获取日本情报。自然，他首先向潘汉年汇报，然后，有选择地向军统汇报——毕竟是国共合作时期，有共同的民族利益。

1937年“八一三”淞沪抗战期间，袁殊置生死于度外，化装成日本学生，越过战线，深入到了日军阵地侦察，提供了至关重要的军事情报，使

我方避免了很大损失。

上海沦为孤岛后，袁殊奉命留了下来（表面是戴笠之命，实为潘汉年之命）。他以军统少将的名义，成立了秘密行动小组，专门惩办侵略者和汉奸，并得到了军统局的奖励。其中最为成功的是行动小组炸毁了日本在虹口的海军军火仓库。为此，军统给袁殊记了大功。

1937 年上海沦陷后，岩井英一又回到了上海，并成立了一个日本特务机关“特别调查组”，袁殊自然也成为其中一员。当然，这事不仅潘汉年知道，军统也是知道的。后来根据潘汉年指令，事实上，是中央的具体部署并研究批准，袁殊向岩井提出成立“兴亚建国运动”的本部。“兴亚建国运动”本部于 1939 年 11 月在岩井公馆成立。

潘汉年借岩井之名，建立了这么一个机构，除了掩护一个电台外，更重要的则是出于国际反法西斯战争大局的考虑。当时在日伪与顽固派的夹攻下，隐蔽战线工作的任务更为艰巨，必须以更灵活的方式深入敌人内部。有袁殊进入日本人活动的圈子中，对获取情报也就更加有利。而且延安由于远离情报中心上海，正亟待掌握日本大本营动向及日、汪、蒋三方相互勾结又相互矛盾的微妙关系与变化。于是，袁殊利用这个机构将大量情报发往延安。

1942 年初，由日本外务省安排，袁殊作为“兴建运动”的代表，应邀到日本访问。日本外务省头子野村吉三郎是组织这一访问的主角。吉三郎向袁透露，当前日本的国策是准备诱降蒋介石，建立一个以日本国为主体的“大东亚共荣圈”，日军已确定了南进的战略部署。这一消息让袁殊为之一震。袁殊汇集和分析各方面的情报，认定南进已是日军确定不移的战略决策了。潘汉年立即将此情报报告给延安。

在欧战全面爆发之后，苏联始终担心腹背受敌。在有了确定日军南进的情报后，苏联这才放心大胆地从远东调出几十万人的兵力到西线。

到解放区一年后，敌人才发觉他的真实身份

自1937年到抗战胜利，袁殊从来没有发生任何意外，这无疑与他的智谋和出色的活动是分不开的。后来，袁殊又担任了一系列伪职，如清乡政治工作团团长、江苏省教育厅长、清乡专员以及伪保安司令等等，他的情报工作日益老辣。

1945年初，袁殊辞去了教育厅厅长等职，仅留下一个上海市参议的名分。抗日战争胜利后，袁殊被任命为忠救军新制别动队第5纵队指挥和军统直属第3站站长，被授予中将军衔。直到第二年，即1946年初，国民党方面才知道袁殊去了解放区，不由得勃然大怒，于是，“抗战有功人员袁殊”立即变成了“共党汉奸”。军统对袁殊下了通缉令，并派人去苏州抄家。《双十协定》签订后，袁殊随军北撤。

时任华东组织部部长的曾山同志亲自找袁殊谈话，考虑到各种关系，让袁殊暂时改名，跟他姓曾。从此，“曾达斋”的名字一直用了几十年。后来，他被任命为华东局联络部第一工作委员会主任，定为旅级。1949年，袁殊到了北京，转到了李克农的情报部门，做日美动向的调研工作。1987年11月26日，袁殊逝世，享年76岁。

美军隐形“夜鹰”的不朽传奇

2006 年 3 月 28 日《中国国防报》

美国总统布什在日前向国会提交的 2007 财政年度政府预算中，提出了将 52 架 F－117 战斗机分两年全部退出现役的建议。作为美国空军明星之一的 F－117 即将提前退出江湖。

F－117 代号“夜鹰”（Nighthawk），是世界隐形战斗机的先驱者。它被美国人保密了近 10 年才露出真面目，在 20 世纪 90 年代的各场战争中都有它的身影。

人们没有想到的是，这样一个外形现代、被寄予高作战使命的战机居然会如此短命；更让航空界震惊的是，F－117 是美国“借”来的。

一篇学术文章在本国如泥牛入海，而美国却如获至宝

早在二战期间，隐形技术便已经初露端倪。当时纳粹

德国试制成功了一种能够吸收电磁波的特殊涂料，并把这种涂料涂在舰船或飞机上，可以使敌方的雷达接收不到反射信号，从而难以发现目标的行踪。然而，随着战争结束，德国人的隐形研制计划也随之流产。

进入 20 世纪 50 年代，美国人成功研制出了具有一定隐形功能的 U－2 高空侦察机，率先在隐形领域起跑。但在 1960 年 5 月，U－2 在一次对苏联的侦察中，却意外地被苏军导弹击落，飞机内许多重要数据如最大飞行高度、初步隐形技术等都被苏联人所掌握。

之后，美国人又研制出了比 U－2 性能更为先进的“黑鸟”隐形侦察机。虽然它从没有被对手击落过，但在 1974 年 9 月的英国航空博览会上，嗅觉灵敏的苏联间谍还是千方百计地获取了“黑鸟”的一些数据。这些数据被带回后，立即引起苏联飞机设计师和制造师的关注，加之很长时间以来一直在研究 U－2 的隐形技术，苏联专家对未来隐形战斗机的发展有了自己的想法。同年年底，苏联图波列夫飞机设计局的专家专门撰写了一篇关于制造隐形飞机的学术文章，并发表于第二年 3 月的苏联权威航空杂志上。

虽然早些时候的苏联与美国早已在隐形领域展开了极为激烈的竞赛，但这时的苏军认为只要手中拥有足够数量的核武器、重型武器，便可对付任何潜在的对手。因此，这篇文章没有引起苏联国内的足够重视。出人意料的是，它被美国的一些相关人士发现并展开了深入研究。

1975 年 4 月，美国的一名雷达专家搜罗到了苏联这篇有关研制隐形飞机的文章。文章中所提到的新技术、新思想及其未来可能在军事航空领域引发的革命让他很快嗅到了它的价值和巨大潜力。他将这篇文章送到了美国著名飞机设计和制造师贝·里奇的手中。这位出生于 20 世纪 30 年代的飞机专家是美国空军许多优秀飞机的方案设计者和制定者，美国军用航空史上的许多优秀篇章都与他的名字紧密相连。

里奇看到这篇文章后如获至宝，认为美国人的机会来了！他兴奋地说:“隐形技术似乎从天而降,直落在我的头上。我简直是太走运了!”不久,位于弗吉尼亚州阿灵顿的高级研究计划局批准了关于设计建造隐形战机的方案。里奇亲自担任这一方案的副总裁和总设计师。

美国空军的设计目的是凭其隐形性能突破敌火力网,压制敌防空系统,摧毁严密防守的指挥所、战略要地、工业目标,可执行侦察任务。

对 F-117 计划,美国采取自研制原子弹以来最严格的保密措施

1978 年,F-117 隐形战机开始进入秘密研制时期。由于该计划的绝密性,美国军方采取了自研制原子弹以来最为严格的保密措施。所有参与人员都是经过多方考察后挑选出来的精英,并签下了为期 3 年的合同。从星期一的上午至星期五的下午,所有参与人员必须昼夜留在基地,并且不得向家人走漏半点风声,连里奇本人也不得不临时更改了自己的姓名,自称“本·杜弗”。

经过 1 000 多个日夜奋战,1982 年 10 月 15 日深夜,来自内利斯空军基地的怀特利少校进入 F-117 的座舱。启动、滑行、起飞,F-117箭一般地插入夜空。试飞成功了!从此,在美国空军战斗机的家族中又多了一位“黑色杀手”。

F-117 体呈平底三角截面状态,像一个大蝙蝠;机身和机翼融合在一起,根本分不出哪是机身,哪是机翼;没有水平或垂直尾翼,而是采用一个标志性的 V 形尾翼。该机在当时是世界上任何一型飞机都无法比拟的。它采用三项隐形技术,其雷达反射截面积为 10～100 平方厘米,比普通战斗机低 2～3 个数量级。

对外界来说,F-117 始终是一个传奇。它具有怪异的形状和奇特的隐形技术,在相当长的一段时间内被人们当作“空中飞碟”和“不明飞行物”(UFO),甚至还引起众多飞碟爱好者的关注。

直到 1986 年 7 月,一架进行飞行训练的 F-117 战机坠毁于加州;

同年年底，在芝加哥市的一次玩具博览会上，一种自称是 F－19 隐形战斗机的玩具模型让美国情报机构大吃一惊，因为它与 F－117 惊人地相似；次年 10 月，又有一架 F－117 失事。一连串的事情令美国新闻界的好奇心大增，隐形战斗机问世的消息开始传播开来，一些人已经推测出托诺帕空军基地就是 F－117 的大本营。

也正是在这种情况下，美国军方不得不向公众公开 F－117 的真实面目。1988 年 11 月 10 日，美军首次公布了该机的照片。1989 年 4 月，F－117 在内华达州的内利斯空军基地公开亮相。

在 20 世纪的几场战争中它上演了不可战胜的传奇，也留下了折戟沉沙的一幕

F－117 隐形战斗机首次用于实战是在美军入侵巴拿马的作战中。1989 年 12 月 20 日，为了支援美国陆军别动队在巴拿马里奥阿托的空降作战，美国空军首次出动 6 架 F－117 隐形战斗机参战。这场实战考验让美军认为，投入大量资金研制 F－117 隐形战斗机是值得的。在作战中，2 架 F－117 使用激光制导炸弹精确地轰炸了目标，在巴拿马国防军中造成了混乱，为美军突击队的空降减少了障碍。

而 F－117 真正声名鹊起、名扬四海是在 20 世纪 90 年代的海湾战争中。1991 年 1 月 17 日凌晨 3 时（正式发起攻击时间）之前 9 分钟，F－117 就已经溜进了伊拉克的领空，投下了第一次海湾战争的第一颗炸弹，攻击了伊拉克南部的一个防空指挥中心。接着它又向伊拉克西部一个地区的防空作战中心投下了炸弹，从而在伊拉克防空网上撕开了一个大洞。

后来在“沙漠风暴”行动期间，42 架 F－117 隐形战斗机在伊拉克的夜空中，执行危险任务达 1 271 次，共投弹 2 000 多吨，竟无一受损。在多种参战飞机中，唯有 F－117 承担了攻击巴格达市区目标的任务。据

统计，在整个战争期间，F－117承担了攻击目标总数的40%，投弹命中率为80%～85%。有人做过对比，1架单座F－117携载2枚1.82吨制导炸弹所达到的作战效果相当于10名乘员的B－17重型轰炸机飞行4 500架次、投弹9 000枚所达成的作战效果。一时间，F－117似乎成了一种不可战胜的战机。

然而，在1999年美国与北约空军空袭南斯拉夫时，F－117折戟沉沙。1999年3月27日，一架F－117被老式的萨姆-3导弹击落，随后另一架F－117被击伤。F－117作为隐形战机“无法被发现和击中”的传奇被彻底打破。

F－117失利的最重要原因是这种专门执行轰炸任务的飞机在隐形技术上存在软肋。雷达隐形涂料对于波长十分敏感，现代长波雷达的精确度正在逐渐提高。试验表明，超视距雷达可在2 800公里范围内对隐形飞行器提供远程预警。在海湾战争中，沙特的法制“猎鹰”雷达就多次在20公里以外发现F－117，英国驱逐舰更在80公里距离上发现过它。

此外，F－117为了追求隐形外形，给飞机的其他性能带来了许多弊端，如空气动力性能不好，飞行不稳定，机动性较差，飞行速度低。美国空军经过伊拉克战争发现，F－117能够完成的作战任务基本上都可以通过F－16、F－15E战机的组合来完成。随着F/A22和F－35的服役，专门以隐形为目的的战机设计已经无法在现代战场上实现作战目的。

F－117开辟了隐形战斗机的先河，
但人们没想到它很快就走进了“坟场”

为什么要淘汰F－117？美空军这样解释：F－117名为战斗机，但其毫不具备空战能力，充其量也就是一个轻型轰炸机。F－22的隐形性能是 F－117 的 2 倍，生存能力比目前的常规飞机高 18 倍，作战效能是 F－15 战斗机的 3 倍。这意味着 F－117 所能执行的任务 F－22 可以全部替代。另一方面，F－117 作为第一代隐形战斗机，美军在开始研制时就把它定义为隐形作战的初步尝试，并没有赋予它更多的使命。F－117 开辟了隐形战斗机的先河，领导世界军事进入了隐形时代，它已经光荣地完成了使命。随着新一代隐形战斗机相继问世，F－117 的退役应该是必然的。

据五角大楼空军女发言人米歇尔·莱上校表示，这 52 架 F－117 战斗机中有一架将会移交给博物馆，作为空军战机隐形科技革新的标志，其他大部分退役后将被送往亚利桑那州图森市附近的戴维斯·芒森空军基地的飞机“坟场”。

隐形“夜鹰”就这样结束了它短暂的一生。总设计师里奇因 F－117 获得了美国国家航空航天协会的最高奖励——柯里尔奖，而被里奇“借用”思想的那位苏联科学家至今仍默默无闻。

中国步兵排痛打美军

2006 年 6 月 13 日《中国国防报》

在美国和韩国关于朝鲜战争的记述中，曾不约而同地提到一个地名——葛岘岭。1950 年 11 月 29 日，这里发生了一场令各国军人肃然起敬的阻击战：一个志愿军步兵排在敌人百余架次战机和数千颗炮弹的轮番轰炸下，巧妙地利用地形，仅靠手中的轻武器顽强地阻击了拼死逃命的美军，歼敌 215 人，自己无一伤亡。创造这一战争奇迹的是志愿军一级战斗英雄郭忠田和他的"郭忠田英雄排"。

12 个小时的跑步前进，凌晨插进了龙源里

1950 年 11 月，志愿军已经发起了第二次战役。38 军进行了大穿插，14 小时强行军 72.5 公里，先敌抢占了三所里，关闭了逃敌退路。

三所里的战斗刚刚开始，113 师侦察分队发现美军有向三所里以西的龙源里逃窜的迹象。一旦敌人从龙源里跑了，我军就将前功尽弃，影响整个第二次战役。“把二梯队 337 团拉上去，拼死赶到龙源里！死死守住龙源里！”113 师师长江潮下达了命令。337 团兵分两路。担任团左前卫的 1 营 1 连将尖刀排的重任交给了郭忠田带领的 2 排。11 月 27 日，郭忠田向全排战士发出了号召：“同志们，加油呀！这回决不能让敌人跑了！”出发时，2 排战士们已经 5 天 5 夜没正经睡一觉了。为了抢时间，战士们不顾疲惫，经过 12 个小时的跑步前进，于 11 月 28 日凌晨，插进了龙源里。美军南逃的大门被牢牢地关住了。

美军还没有退下来，战场一片寂静。郭忠田登上葛岘岭主峰，审视着战场地形。葛岘岭主峰虽然是制高点，但这里太突兀了。一旦美军战机临空，部队只能白挨轰炸。顺着公路望去，葛岘岭北侧的公路旁有一个山包。巧的是，公路在此正好有一个拐弯，任何车辆行驶到这里都必须减速。郭忠田不由得心花怒放。他决定调整部署，将主阵地设置在小山包上。

阵地确定后，郭忠田知道眼前最重要的是抓紧每一分每一秒，挖工事，搞伪装。战士们都想抓紧时间打个盹，郭忠田却下严令：“全排立即抢修工事，谁也不许睡觉！”有的战士开始发牢骚。郭忠田听了之后，没有发脾气，反而还耐心劝大伙说：“咱们修工事就是造盾。盾造好了，一会儿打起仗来，就能少流血、少死人！”大家觉得排长说得在理，连连点头，挥锹猛干起来。天快亮的时候，2 排所有阵地的工事都挖好了。谁知，郭忠田还不满意。他下达命令：“到葛岘岭主峰上再造些假工事，来个真假猴王。”

放走坦克“骨头”，报销车队“嫩肉”

早上 8 点多钟，公路上出现了许多小黑点，美军在三所里碰壁后，果然向龙源里逃来。开在前头的是4辆小汽车、3辆10轮大卡车和1辆小吉普。郭忠田把第一枪的任务交给神枪手张祥忠:“打掉那辆吉普车!有没有把握?”张祥忠参军前以打猎为生,在百米的距离打树枝上的小鸟,枪响鸟落。他回答很干脆:“跑了兔子不玩鹰!”很快,车队行驶到了2排阵地下的拐弯处,速度慢了下来。张祥忠瞧准时机,扣动扳机,一串子弹直射向吉普车。吉普车瞬间燃起了烈焰,车上的军官当场被击毙。紧接着,重机枪、轻机枪、步枪一齐向后面的卡车倾泻着弹雨。首批溃逃的美军三下五除二就报销了。

此时北方传来“轰隆隆”声,郭忠田一听就知道:这是坦克。山谷轰鸣,树叶也震得沙沙发抖。战士们数了数,总共有50多辆坦克!郭忠田快速思考着:打,还是不打?好几名战士捆好手榴弹请战。郭忠田沉默了好一会才说:“把敌人坦克统统放过去,谁也不准开枪!”郭忠田不仅眼中冒火,心中也在冒火,但他清楚排里没有火箭筒,没有炸药包,靠步枪和每人仅有的4枚手榴弹对付几十辆美军坦克,无异于白白送死,阻击任务也将彻底泡汤。

一辆,两辆,三辆……坦克过去了。紧接着,美军的运兵车、弹药车、炮车组成的车队接踵而至,一眼望不到边,头车已进入了阻击线。如果说刚才的坦克是嚼不动的钢“骨头”,眼下的就是可口的“嫩肉”了。“给我狠狠地打!”郭忠田第一枪就干掉了一个美国军官。运兵车着了,炮车翻了,火光熊熊,黑烟滚滚,炸声隆隆。敌人拥挤着、呻吟着,四处躲闪……

歼灭美军215人,全排无一伤亡

不一会儿,天空飞来了30余架飞机,轮番往葛岘岭山顶扫射,扔汽油弹、炸弹。整个山头变成了火焰山。轰炸完之后,敌人得意洋洋地飞走了。他们做梦也想不到,此时志愿军战士们正在工事中休息——美军炸的都是一些假工事。刚才对排长催着挖工事有意见的战士，这时从心里佩服郭忠田的智慧和远见。

等到战场暂时平静下来后，郭忠田命令战士们再到葛岘岭上挖假工事。这回大家毫无怨言地干了起来。假工事造好了，好像又上去了一支增援部队。下午 2 点，敌机飞来 100 多架，朝着葛岘岭的假工事轰炸了半个多小时。山头又一次成为火海。2 排的阵地上静悄悄的，除了两个观察哨，战士们都在石洞里休息。

飞机一走，200 多名敌人又在 2 排阵地前集合起来，嗷嗷叫着，分三路朝山上冲来。团领导在望远镜中看出了危机："2 排的同志，这个山头关系全局，希望你们坚决守住，打出一个抗美援朝英雄排！"郭忠田在电台中回答："请团首长放心，人在阵地在！"100 米、90 米、80 米、70 米……距离仅有 30 多米了，郭忠田一声令下，所有火器一齐怒放。不到两个小时，美军的轮番冲锋被打垮了。200 多名敌人死伤过半，夹着尾巴逃跑了。

下午 3 点多钟，美军百余架飞机进行了第三次大轰炸。2 排的战士们英勇阻击，敌人的车队始终没有跨过 2 排的阻击线。

天黑以后，志愿军大部队赶到，对美军逃兵进行了合围。郭忠田带领战友跳出工事，冲下山去……

郭忠田带领的 2 排扼守在 300 平方米狭小的阵地上，承受了敌人数千颗炸弹的轰炸、成百架飞机的攻击，始终屹然不动，连续打退敌人三次进攻，歼敌 215 人（被击毙在车内拉走的不计），缴获大炮 6 门及满载军用品的完好汽车 58 辆，自己却无一伤亡，仅消耗子弹 1 305 发、手榴弹 14 枚，创造了战争史上的奇迹。此次战斗后，郭忠田被志愿军总部评为一级战斗英雄，2 排获得"郭忠田英雄排"的荣誉称号。

坦克战先驱和他的三个装甲师

2006 年 6 月 18 日《中国国防报》

他是一位鲜为人知的将军,他是英国坦克战的先驱,他担任了世界上第一个坦克旅的首任旅长,他亲手缔造了英国历史上最精锐的三个装甲师,这个人就是帕雷西·霍伯特。霍伯特生于 1885 年 6 月 14 日,1904 年毕业于英国皇家军事学院。一战期间,他在印度、法国参过战,战后开始了对坦克战的研究,并成为这一领域内首屈一指的先驱人物。曾经为二战几乎所有重要将领写过点评的著名军事评论家利德尔·哈特这样评价霍伯特:“他是为数不多的几位真正能称得上军事天才的将领。”而正是这样一位天才在他的军事生涯中却屡屡碰壁,几经沉浮。

世界上第一个装甲旅长

霍伯特以惊人的洞察力预见了坦克的运用将带来一场

深刻的军事变革，他认为未来集团化的坦克作战是不可阻挡的历史潮流。霍伯特最难能可贵之处在于他不但有超前的思想，而且还不断努力将这些想象变成现实。他多方努力，不断地向军界高层人士建议要建立成规模的、永久性的装甲部队。终于，英国于1927年成立了一支坦克试点部队，他本人成为这支部队的组织者和训练者。1934年，英国组建了全世界第一个真正意义上的装甲旅——第1坦克旅，霍伯特出任旅长。成为首任坦克旅旅长之后，霍伯特难以掩饰自己心中的喜悦，他终于可以指挥一支实战部队，把自己多年的理论研究成果转化为真实的战斗力。霍伯特带领着全旅进行了一系列具有划时代意义的演习，演习场上出现了令当时所有人都目瞪口呆的场景，坦克不再仅仅用火力支援步兵冲锋，更不再是配属给步兵分队的“活动碉堡”，成群的坦克卷起铺天的烟尘正以最快的速度，昼夜不停地向敌军阵地纵深突进。在演习中，霍伯特设计出种种科目和难题来考验这支坦克部队的突击能力和处理特殊战场情况的能力。参加演习的官兵们被霍伯特折腾地筋疲力尽，但是他们对于这位严厉的旅长却非常钦佩，这种全新的作战样式仿佛有着一种巨大的魔力，吸引着这些“开拓者”们不断地向前探索。更为难能可贵的是，霍伯特还制定了坦克与飞机协同作战的规则，这一作战规则开创了空地一体作战的先河。

古德里安的英国“导师”

可惜的是，霍伯特的思想和实践没有引起英国军方的足够重视。当时英国军队被骑兵军官把持，他们把霍伯特的努力视为沽名钓誉之举，认为他这样做无非是想引起重视，得到更快的提拔。而霍伯特不谙官场规则，在英国军官队伍中很不合群，因此几乎没有人给予他肯定和赞许。就在霍伯特屡遭排挤和挞伐的时候，他的研究成果却被欧洲腹地德国的一名军官正悄悄地研究着，这名研究者就是德国“闪击战”之父古德里安。就在英国组建第1坦克旅的同一年7月，德国组建了装甲部队，古德里安出任装甲兵总监。他系统地研究了第一次世界大战时战术方面的经验教训，逐渐萌生了以机械化部队为主体，各军兵种密切协同的战术思想，并最终形成了机动、攻击、迅速的"闪击战"理论。装甲兵总监这个职务，使古德里安得到了把自己的战术思想付诸实践的机会。1930年，德国的摩托化部队只有几辆陈旧的装甲侦察车和几个摩托车连。到1932年，参加演习的摩托化分队还在使用模型坦克。古德里安担任装甲兵总监后，非常注重将理论向实践转化，霍伯特的经验为古德里安组建德国机械化部队提供了现成的模板，古德里安认真研究霍伯特的每一次演习、每一份报告、每一篇论文和每一次检讨，从中吸取经验教训，用以指导本国的装甲兵建设。古德里安本人非常钦佩霍伯特，他的部队每次演习前聚餐，德国军官们必说："为霍伯特干杯。"

缔造"沙漠之鼠"

1936年，英国组建第一个机械化师，霍伯特理应是师长的最佳人选，可最后偏偏是一个骑兵军官当了师长。就在英军为人事之争不可开交的时候，德军已经组建了4个装甲师。在这场军事竞赛中，英国被落在后面，霍伯特个人的命运一定程度上折射出了国家的命运。霍伯特师长落选后，英军高层还是看他不顺眼，1938年，他被派到了开罗。在尼罗河畔，霍伯特看到了自己将要带领的部队，这简直是一群乌合之众，装备过时，士气低落，毫无战斗力。但霍伯特没有灰心失落，他相信在荒芜的北非沙漠一样可以编织梦想。此后，整日昏昏欲睡、无精打采的英国驻军发现新来的上司无比严厉，整日板着脸，无情地驱赶着他们在炙热的沙漠中训练，所进行的战术演练科目对于这些英军来说更是闻所未闻。这支部队经过严格而科学的训练后逐渐学会了打仗，部队的战斗力神奇地提升。如果说此前他们像一群灰溜溜的田鼠，那么现在他们则是强壮而敏捷的袋鼠。战士们把袋鼠作为部队标志贴上了战车，不久，“沙漠之鼠”的称号不胫而走。后来，这支部队被正式命名为英军第7装甲师。1939年12月，二战正式爆发后3个月，这位王牌师的缔造者正满心期待地等待作战命令，可等来的却是一纸退休命令，此时霍伯特的心情常人难以体会。所幸的是“沙漠之鼠”日后的表现没有令这位坦克战先驱失望，1941年，英国西非沙漠部队司令奥康内中将指挥该部队大胜意大利军。兴奋的奥康内连连称赞第7装甲师是他“曾经见过最训练有素的部队”。后来，第7装甲师更成为蒙哥马利元帅手中的一柄利剑，而蒙哥马利正是霍伯特的小舅子。

从仓库保安到装甲师长

连年的战火使退休后的霍伯特无法安心待在家里，他还想为大英帝国做些事，于是加入了一个叫本土军的民兵组织，当起了一个仓库保安。霍伯特被解职后6个月，英国远征军在欧洲战场上被德国装甲部队打得一败涂地，而德军使用的正是霍伯特的战术的翻版。作为一战时期坦克的发明者，现在却被德国的坦克赶着到处跑，英国人的神经经受着强烈的刺激。1940年10月，丘吉尔亲自致信英国总参谋长，要求他放弃偏见，重新启用霍伯特。在首相的关心下，霍伯特重返军营，授少将军衔，负责训练第11装甲师。有机会重新施展才华的霍伯特非常重视这次机会，他将全部心血都花在第11装甲师的训练上，并随时准备重返北非，与“沙漠之狐”隆美尔一决雌雄。正当他厉兵秣马之时，他在陆军部中的对头们又在算计他了。1942年8月，英国陆军部呈报的公文中夹带着一份再次安排霍伯特退休的建议，理由是他的年龄太大。这份报告被丘吉尔看到了，首相深知在霍伯特的带领下第11装甲师军纪严明、训练有素，于是他这次又与陆军部长专门交涉霍伯特继续留任的事情。但就在第 11 师即将开赴北非的最后时刻，霍伯特接到了一条命令，由罗伯特少将代替霍伯特出征。唯一能让霍伯特有所欣慰的是，罗伯特是他一手培养起来的，对坦克战也是深有研究。第 11 装甲师没有辜负霍伯特的心血，成为二战中英国最优秀的装甲部队。1945 年初英军将最新研制的 Comet 坦克首先装备给第 11 装甲师，到第二次世界大战结束时，该师是唯一全部换装 Comet 坦克的师，而英军的其他装甲师只配有少量的 Comet 坦克，由此可见英军对第 11 装甲师的偏爱。

指挥盟军最大的装甲师

1943 年 3 月，霍伯特终于迎来了他军事生涯中柳暗花明的日子。英国新任总参谋长艾伦·布鲁克将军主动召见他，问他是否愿意指挥一支特殊的装甲部队。于是，霍伯特出任了英军第 79 装甲师师长。霍伯特的任务就是为登陆战准备一批特殊的坦克，他指挥着部队试验和改装着五花八门的装甲车辆，其中有装着扫雷臂的“蟹”式坦克，装有喷火装置的“鳄鱼”式坦克，还有一种叫“武装车辆”的多用途坦克，它装有灌浆器、小型铺桥设备或填坦克陷阱的柴捆，很快第 79 装甲师就被戏称为霍伯特的“动物园”。除了“蟹”式坦克外，所有奇特的坦克都是由英国“丘吉尔”式坦克改装的。在举世瞩目的诺曼底登陆中，第 79 装甲师的坦克随首批登陆部队一起登上了滩头，为巩固滩头阵地立下了汗马功劳。诺曼底登陆战中，盟军首次使用了一种“秘密武器”，那就是装有漂浮装置和船用螺旋桨的“谢尔曼”坦克，它们在海上下水，“游”到岸上，在海滩上为部队提供紧急炮火支援。这是世界上第一种水陆两栖坦克，当初正是霍伯特慧眼识珠，热情采纳了这种由工程师尼古拉斯·斯托斯拉尔设计的坦克，并把它推荐给艾森豪威尔。登陆胜利后，霍伯特指挥着他的“怪物”部队随盟军横扫欧陆。当盟军打到莱茵河时，第 79 师已经成为下辖 8 个旅 19 个团的庞大部队，这是盟军当时编制规模最大的装甲师，1 900 辆坦克、装甲车和 7 000 台各式车辆在霍伯特的指挥下汇成一股巨大的铁流，滚滚向前突进。昔日的坦克战先驱终于在战场上实现了自己的价值，“我跟着霍伯特打过仗”，成为英国军人的一种特殊的荣誉。

“雄猫”，让我如何不想他

2006 年 8 月 9 日《中国国防报》

美国海军装备的 F-14“雄猫”舰载多用途战斗机已于 7 月 28 日完成了其作为现役战机的最后一次飞行。美国海军装备的最后 22 架 F-14 均部署在“罗斯福”号航空母舰上。此前，两个中队的 F-14 战斗机刚刚结束了在波斯湾地区的作战任务——为驻扎在伊拉克的美军提供空中支援。这为 F-14“雄猫”战斗机 30 余年的服役生涯画上了最后的句号。曾经担任过 F-14 战队指挥官的美军前太平洋第 7 舰队司令亚当·法伦说过：“美国海军补充了更新式的战斗机，战斗力将更加强大，人们仍会怀念 F-14 美丽的身影。”但当年五角大楼售给伊朗的“雄猫”如今仍飞在伊朗的天空，这些“雄猫”是美军无法淘汰的。

“雄猫”取代“鬼怪”成为第3代战机先驱

30多年前，正是美国的F-14一手拉开了世界第3代战机的序幕。20世纪70年代前后，美国海军为取代当时F-4“鬼怪”战斗机，由著名的诺斯罗普·格鲁曼公司成功研制了世界首架第3代超音速舰载多用途重型战斗机——F-14“雄猫”。自1972年F-14A服役起，该机就有美军航母舰队“守护神”之称。1988年，该机在雷达、航空电子设备和导弹挂载能力等方面经过了进一步改进升级，最终定名为F-14D“超级雄猫”。美国海军共拥有各型F-14战斗机338架。

作为历史上第3代战机的开山之作，F-14在战机技术领域达到了当时的巅峰。另外，它优美的外形迅速在全世界年轻人和战机爱好者中掀起了一股“战机热”。

美国很多飞行员都因飞过F-14而引以为毕生的骄傲，其中最具代表性的要算美国海军中一流的飞行员——达勒·斯诺德格拉斯上校。他在军旅生涯中曾飞行F-14战斗机25年，其4 800小时的驾驶经验、1 200次的着舰纪录都成为后人难以超越的绝对纪录。斯诺德格拉斯曾冒着生命危险驾驶着F-14在“美国”号航母旁做出了惊世骇俗的飞行杂技——从航母甲板旁高速侧飞掠过。由于场面太过惊险，许多网友看到图片后都以为是电脑合成的照片，但这是真的。无论是“雄猫”爱好者还是专业飞行员，都被斯诺德格拉斯的大胆举动所折服。

已经退役的斯诺德格拉斯上校在谈到F-14战斗机时仍掩饰不住心中的激动：“F-14是一架超级战斗机。它虽然是20世纪70年代的科技，但它仍是现在世界上速度最快、航程最远、载弹量最大的战斗机之一。它独特的可变后掠机翼设计可以使它做出很多其他飞机做不到的动作来。”

“一分钟空战”和“八分钟空战”

1975 年，F－14A“雄猫”服役不久，正值越战最后一幕——西贡失陷。当时越南北方空军对这种新式神秘武器“敬而远之”，不敢与执勤的 F－14 战斗机正面交锋，只能使用防空炮来表示他们还在战斗。与越战擦身而过的“雄猫”很长时间几乎无事可干。终于，利比亚与美国交恶为其找到了施展拳脚的第一个舞台。

1981 年 1 月 26 日，卡扎菲重申锡德拉湾北纬 32 度 30 分线以南为“死亡线”，擅自闯入者必遭痛击。里根政府于 8 月 17 日派出一支特混舰队驶入锡德拉湾。8 月 19 日，两国战机于锡德拉湾第一次交火。当日早晨 7 时，“尼米兹”号航母的雷达发现两架利比亚的苏－22 战斗机向舰队飞过来。舰队指挥官立即命令两架正在锡德拉湾上空执行巡逻任务的“雄猫”战机实施拦截。突然，一架苏－22 向 F－14 发射了一枚 AA－2“环礁”空空导弹，但没有击中目标。两架 F－14 随即展开反击，其中一架发射了一枚 AIM－9“响尾蛇”空空导弹先将敌僚机击落，其飞行员跳伞。随后，另一架 F－14 的“响尾蛇”将那架敌长机也击落。此次空战从苏－22 发射导弹开始到两架苏－22 被击落，总共只有短短的一分钟，所以被称为“一分钟空战”，这是 F－14 的第一个实战战绩。

“一分钟空战”让卡扎菲见识了美军新式战机的威力，暂时放低了姿态。8 年后两国战机再度交手，“雄猫”在这场冲突中再次扮演杀手角色。1988 年著名的“洛克比空难”发生后，两国关系更趋紧张。1989 年 1 月 4 日的早上，两架由航母上起飞的“雄猫”战机正在空中执行战斗巡逻任务，为即将进行实弹攻击演习的 A－6 攻击机群提供空中保护。中午时分，利比亚两架米格－23 战机向 A－6 攻击机群飞来。得到预警后，A－6 攻击机群迅速离开危险区域，而两架 F－14 则受命前往拦截。以往当利比亚战机发觉被 F－14 的雷达锁定后，飞行员会立刻掉转机头逃走，但这一次利比亚飞行员依然坚定地向美国人飞去。指挥官授权“雄猫”可以攻击。在距离米格机只有4海里的地方，两架“雄猫”各发射了一枚AIM-7M导弹，轻松击落了敌机。整个空战过程历时8分钟。

老式导弹打破“雄猫”不败神话

在美国海军服役的F-14“雄猫”名声显赫，但实战战果不多，在参与的所有作战行动中总计击落了两架苏-22与两架米格-23，外加一架米格-8直升机。“雄猫”在美国海军开始服役后，首先遇到的竞争对手便是同样大名鼎鼎的F-15“鹰”。

1991年1月，海湾战争爆发。原本准备在此战中大显身手的F-14却从头到尾都扮演着空中掩护的角色，猎杀伊拉克战机的差事全都交给了F-15。更为严重的是，战役的第4天，1月21日，伊拉克一枚老式的SA-2防空导弹就击落了一架F-14，两名机组成员都成功跳伞。这架飞机也是所有美国“雄猫”战机在战争中的唯一损失。随后的2月6日，一个F-14双机编队用响尾蛇导弹击落了伊拉克的一架米格-8直升机，这也是F-14在这次战争中唯一的空战成果。相对于美国空军F-15机群的战果，美国海军的F-14机群简直是无所事事。

售出的“雄猫”成美国的对手

与美军装备的“雄猫”战绩平平相反，在伊朗服役的“雄猫”远比它们的美国同胞战果辉煌。在20世纪70年代，美国为了遏制苏联在波斯湾与印度洋范围的军事扩张，曾经向当时的伊朗巴达维王朝政府出售F-14A“雄猫”战斗机达79架之多。然而美军没有想到的是，这些“雄猫”战机最后会与美军反目成敌。

虽然伊斯兰革命后，美伊交恶，伊朗遭到美国全面制裁，但这批战机在后来的两伊战争中，依然成为伊朗空军的主力，特别是在战争前期几乎完全摧毁了伊拉克的空军主力，赢得了大部分遭遇战。尤其是F-14A上挂载的AIM-54A“不死鸟”远程空空导弹更是伊拉克战机飞行员的噩梦。两伊战争中，伊朗“雄猫”至少击落24架各型米格机、15架“幻影”F-1EQ、6架苏系机、1架图-16、2架图-22B。伊拉克空军的指挥官曾给他们的飞行员下达过这样的命令：“要尽一切可能避免与F-14A交战，一旦发现F-14A向你接近或者探测到AN/AWG-9的雷达信号，立即向相反方向飞走。”而在实战中，伊拉克飞行员也确实是这样做的。

可以说，“雄猫”改变了两伊战争的进程，在一定程度上挽救了伊朗。直到今天，伊朗现役的F-14A战机仍然保持着20架以上的战斗力。对于这些“雄猫”，美国是非常担心的。也许有一天它们将与老东家作对。美国想淘汰这些售出的“雄猫”并非易事。如果真的发生一场“清理门户”之战，美国势必付出血的代价。

墙内开花墙外香

2006 年 11 月 28 日《中国国防报》

人类社会经历了冷兵器战争、热兵器战争、机械化战争的战争形态，正在向信息化战争过渡。战争形态的演化就如同滚滚向前的潮流，不同时期、不同国家的军队就像一艘艘帆船，在时代的大潮中激流勇进，一争高下。历史反复证明，只有能不断调整自己发展方向、顺应军事变革潮流的军队才能在竞争中立于不败之地。

第一次世界大战是典型的阵地战。虽然在战争后期坦克作为一种新式武器出现在战场上，但当时它仅仅被当作配属给步兵的一种冲击武器，没有引起足够的重视。战后，一名法国军官敏锐地察觉到坦克这一新式武器具有非常广阔的发展前景，甚至可以组建成建制的坦克部队，集团化的坦克作战可能成为未来战争的发展方向。这名军官就是后来的法国总统戴高乐。他把自己全新的思想写成一本名为《职业化军队》的书，强调在未来战争中装甲部队与空军部队以及步兵协同行动的必要，主张法国要建立一支 10 万人、具有积极进攻能力的机械化职业军队。

可惜的是，他的正确思想没有引起法国军界的重视。热衷于阵地攻防战的法军把大部分精力用于构建其自认为固若金汤的马其诺防线。后来，戴高乐的《职业化军队》被一名德国军官花了一角五分钱从地摊上买到。这名军官就是古德里安。古德里安看到这本书后如获至宝。在悉心研究之后，他下决心要将书中的观点付诸实践。在德国军方的支持下，古德里安率先在全世界建成了职业化的装甲部队。这支部队在日后德国发动的闪击战当中如利剑出鞘，所向披靡。法军苦心经营的马其诺防线被德军的坦克部队轻松绕过，形同虚设。

二战之后，鉴于美军在日本投掷的两颗原子弹的巨大震慑力，各军事强国纷纷把核战争作为重点研究方向，美苏两国更是开始了旷日持久的核军备竞赛。1979 年，苏军总参谋长奥加尔科夫元帅敏锐地看到了军事领域悄然发生的新变化，预言先进技术的出现必将引起一场“新的军事技术革命”。他指出：以电子计算机为核心的信息技术迅速发展，精确制导武器大量涌现，必将从根本上打破军队旧的发展模式，推动和促进军事上发生新的革命。

结果“奥加尔科夫预言”遭遇了墙内开花墙外香的局面。苏联军方仍然醉心于发展核潜艇和战略轰炸机，恰恰是大洋对岸的美国组成专门班子，研究和评估奥加尔科夫提出的新军事技术革命问题。马歇尔等人对美国进行新军事革命的必要性和可能性进行了较为系统的研究。美国未来学家托夫勒发表了著名的《第三次浪潮》，认为知识是形成毁灭力的主要资源，一盎司（约 28 克）硅产生的效益也许比一吨铀还要大。在新观点的影响下，美军提出了“空地一体”作战的新理论，积极发展联合监视与目标攻击系统等多种信息化武器系统,并积极改革部队的编制。经过十几年的苦心研究和建设,美军形成了一种前所未有的作战能力。

1991 年的海湾战争令全世界大跌眼镜。当美军的导弹从上一枚导弹炸出的洞口飞进伊拉克的发电站,当美军的"爱国者"导弹把伊军高速飞行的"飞毛腿"导弹准确拦截的时候,人们惊呆了:原来战争还可以这么打。美军从"奥加尔科夫预言"受到启发,悄悄地开启了信息化战争的大门。

无论是一战后的法国,还是二战后的苏联,都曾有机会打响新军事变革的第一枪,但是由于它们没有及时调整军队发展建设的正确方向,使得它们与军事变革的头班车擦肩而过。眼下,世界新军事变革的浪潮方兴未艾,这是一个挑战与机遇并存的时期。谁抓住了这个机遇率先实现军队建设和部队作战样式的重大变革,谁就能赢得未来战争的主动权。

“后发”≠优势

2006 年 12 月 8 日《中国国防报》

在经济学中有一个名词，叫作“后发优势”。它指的是落后国家可以借鉴发达国家的技术和发展模式以实现自己的跨越式发展。

有人将这一概念引入军事理论之中，意为军事上的迟发展国家可以借鉴先发展国家的技术和发展模式，取捷径快速发展。以古语讲，这叫“前车之鉴”。

例如，美军在最初尝试进行信息化建设的时候，各军种各自为战，陆、海、空三军都建立了自己的信息化系统，可是三军之间却无法互联，形成了无法互通而又彼此独立的几个“大烟囱”。后来，美军不得不花费巨资重新构建三军可以互通的信息系统。其他国家在吸取了美军的教训之后，在进行信息化建设时想到要加强各军兵种的互通，这样就少走了弯路，节约了成本。

虽然从某些角度来看，迟发展国家具有“后发优势”，但我们必须清醒地看到，迟发展国家借鉴他国的技术和发展模式时，借鉴的到底是什么？如果借鉴的仅仅是一堆装备而不是真正的思想技术，这种借鉴就会存在相当大的风险。由这种风险所带来的“后发劣势”，我们绝对不能轻视。

客观上来讲，迟发展国家引进他国的武器装备比较容易，而要形成与之配套的技术体系就困难得多。清朝末年，清政府通过洋务运动向外国购买了大量的先进舰船，创建了吨位号称当时亚洲第一的北洋水师，力图以此来威慑正在崛起的日本海军。然而，坚船利炮却并没能改变北洋水师失败的命运。北洋水师的失败原因有很多，其中之一就是在拥有了先进的武器之后并没有形成与之相适应的现代海战思想，与武器装备能够配套的军工生产和技术保障更几乎为零。连炮弹都必须从外国购买的北洋水师，最终在甲午海战中全军覆没。北洋水师的覆灭告诉我们，光靠花钱是买不来强大的国防的，没有属于自己的技术保障能力，就根本没有稳定持久的战斗力可言。

历史反复证明，任何一支军队在向其他先进国家学习时，如果只借鉴了武器装备而没有学到背后的思想技术，那么只会受制于人而导致将来在战场上的严重被动。眼下，世界新军事变革正如火如荼地发展。在借鉴他国的技术和成果时，我们必须形成与所引进的武器装备相适应的技术保障体系，并不断将军事技术的自主创新推向深入，这样才能真正消除“后发劣势”，形成真正的“后发优势”。

“食”力也是战斗力

2007 年 1 月 28 日《中国国防报》

在二战影片《突出部之战》中，有这样一个片段：圣诞节期间，德军从美军手里缴获了一块蛋糕，从包蛋糕的报纸上可以判断这块蛋糕是从美国中部的堪萨斯城空运来的。这个情节从一个侧面说明了美军对战场上军人饮食需求重视的程度。俗话说“民以食为天”，对于从事作战任务的军队来说，要想保持旺盛的战斗力，饮食供应是一个不可或缺的重要因素。“兵马未动，粮草先行”，说明的正是这样一个道理。饮食保障能力也是战斗力，它是很多军队克敌制胜的“特殊武器”。

13 世纪，成吉思汗统率的大军之所以能横扫欧亚大陆，与他的军队独特的饮食习惯是分不开的。这种饮食习惯使得他们的后勤保障非常便捷、高效，从而极大地增强了蒙古骑兵的战斗力。彪悍的蒙古骑兵习惯于长期食用腌制的肉和接近于现在的面包的一种烤饼,这支马背上的军队经年累月地不吃米饭炒菜也能维持他们的战斗力。当时的蒙古大军可以不带后勤保障的车队,像风一般在辽阔的原野上自由驰骋,其强大的战场机动性足以令当时的任何对手望尘莫及。正是这种让讲究高尚饮食文化的民族不屑一顾的"预制"食品,帮助了成吉思汗大军在骑兵占统治地位的时代中所向披靡。

拿破仑是一位热心于自己军队饮食保障的统帅。18 世纪末到 19 世纪初,拿破仑的军队征战欧洲各国,但是他们的食品补给却很难取之于敌,部队作战行动受到很大影响。为了提高部队饮食保障的能力,拿破仑重金悬赏能够保持食品在一定时期不变质的方法。重赏之下必有勇夫,巴黎一个点心铺的老板阿贝尔帮拿破仑解决了这个难题。阿贝尔摸索着把做熟的肉或蔬菜装进大口瓶,用软木塞塞紧,然后再整个放进大锅里用热水煮两个小时后取出,这样一来,最原始的罐头食品就诞生了。阿贝尔为此得到了一万两千法郎的奖赏。但这种罐头瓶子太重而且易碎,不便携带。很快,人们找到了一种新方法,用马口铁取代了瓶子,做出了铁皮罐头。罐头的诞生对于长期争战的士兵来说无疑是个福音,在艰苦的行军和作战过程中,能够不必生火做饭就吃到可口的熟食是件多么难得的事情。拿破仑的军队最先实现了这种便捷的食品供给方式,战斗力和官兵的士气都得到了很大的提升。

因为饮食而影响战争胜负的例子也是屡见不鲜。在苏联卫国战争初期,苏军对于德国的突然袭击没有任何准备,饮食供应乱作一团。很多苏联士兵都是因饥肠辘辘而丧失体力才被德军俘虏的,甚至有的士兵饿得连举枪射击的力气都没有。战争进入相持阶段后,在条件万分艰苦的情况下,苏联仍尽最大的努力解决作战部队的吃饭问题。例如在列宁格勒(今圣彼得堡)被包围的 29 个月当中,政府要求不担负作战任务的平民每天唯一的"任务"就是躺着,省下的食品提供给在前线浴血作战的战士。平民每人每天只能得到4两黑面包，以保证人饿不死。就这样，口感不佳、质地坚硬的俄罗斯黑面包至少维持了将近1 000万人的战斗力。英勇的苏联红军嚼着黑面包打败了法西斯。今天，包着锡纸的黑面包被空运到纽约和巴黎，隆重地摆在高档餐厅的玻璃柜里，它的价格甚至比德国著名的黑森林蛋糕还高。情愿为这种口感“粗糙”的食品花大价钱的通常都是富有的俄罗斯后裔。

在饮食方面，美军一直享有“少爷兵”的称号，这个称谓源于二战。1942年美国全面介入战争之后，美国居然把军用伙食供应包给了距离战场较近的澳大利亚，以便太平洋战场的美军能够吃到新鲜的牛肉。在美军士兵的眼里，咖啡、米饭、面条、果酱和水果都是必不可少的，后勤部门绞尽脑汁地想办法来满足美国大兵嘴巴的需求。美军不仅是一支后勤供应相对充足的军队，而且很注重通过科学的手段提高效率。美国军需官发现，在战场上喝咖啡不仅可以提神，还能缓解焦虑情绪，令士气高昂。可是煮咖啡产生的烟雾很容易暴露目标，于是哈佛大学真空实验室就专门为美军研制了现在风靡全球的速溶咖啡，解决了一个在美国大兵看来比上厕所还重要的问题。可以说功夫不负有心人，饮食供应远远优于对手的美军在战场上确实更加乐观、更加有信心。美国军队之所以在二战中获得了比较理想的战绩，与美国后勤供应的不断加强和改善有着很大关系。

再谈田忌赛马

2008 年 5 月 6 日《中国国防报》

田忌赛马是个耳熟能详的故事，谈及此典故时人们往往为古人高超的谋略而叫好，其实“胜”的前提并非在谋略，要说是也只能是“第三个”前提。第一个前提在于“马”的实力程度。试想，如果田忌的上马赛不过中马，中马赛不过劣马，又有何谋略可言呢？第二个前提在于“情报”的准确程度。试想，如果不是事先得知齐王每一次出什么马的准确情报，又何有以下马对上马、以中马对劣马、以上马对中马之策呢？当然，笔者不是想以此贬低孙膑作为谋士在大家心目中的位置，也不是轻视谋略在双方对抗中的作用，而是通过这种分析而引起大家对工作中一些舍本逐末现象的思考。谋略和实力到底谁是根本？

我国是一个崇尚谋略的国家，从孙子的“兵者诡道”到民众的“想想办法”，谋略文化源远流长。崇尚谋略的东方军事思想与崇尚实力的西方军事思想存在很大差异。现代西方军事思想以美军为代表，美国是一个崇尚技术的国家，美军有着技术制胜的悠久传统，他们用技术的不断进步推动着军事理论的不断发展。与东方军事理论很看重谋略不同，美军的军事理论更看重技术的运用，换句话说美军的军队建设是基于能力的。故事中田忌的上马胜过齐王的中马，田忌的中马胜过齐王的劣马，这说明田忌的马还是有一定实力的，在上马对中马、中马对劣马的对垒中，仍然形成了局部的优势，固取胜最终靠的依然还是实力。脱离实力，单纯依靠谋略唱“空城计”可能会暂时性地稳住局势，但长期的“蜀中无大将”还是难逃失败的命运。

再说，田忌得知齐王马匹出场的顺序，这是田忌能够实施谋略的前提，正可谓“知己知彼，百战不殆”。情报的获取是田忌获胜的关键因素。楚汉战争中韩信依靠“明修栈道，暗度陈仓”就能瞒天过海，这在今天难以成为可能。即使是被尊为战争史之经典战例的偷袭珍珠港之战，在今天的技术侦察手段面前也很难实现。在军事技术日新月异，战场形态愈加透明的情况下，“雕虫小技”式的谋略作用在一定程度上被弱化。而在未来的信息化战场上要想能够准确把握对手的作战意图，就必须有强大的战场感知能力，这对军事技术提出了很高的要求。可以说技术也是一种实力，是一种战斗力。

无论是第一个前提“马”的实力程度，还是第二个前提“情报”的掌握程度，归根到底都要落在“实力”这个关节点上。谋略固然很重要，但没有实力基础的谋略也只能是空中楼阁、无本之木。因此，工作实践中切不可舍本逐末，更不可挖空心思搞空架子、玩虚招。立足本职岗位提高能力素质，着眼危机磨砺打赢本领，才是当前军事斗争准备的根本所在。

第四篇章　天马行空

古有《国风》，彰我华夏，熠熠文采。今又春风，唤醒盛世，瑰丽华章。改革开放40年，不仅是经济的春风，也是文化的春风、艺术的春风。在这浩荡的时代春风中，笔者放飞思绪，敞开胸襟，写下几首小诗，记下几句心声。

现代诗十首

伟人与高山

很多人不曾见过珠穆朗玛，
但我们心中有一座更高的山峰。
他的挥手之间，九州风雷激荡，
他的仰俯之际，华夏万里升平。

山，是种广博，是种执着，
是种坚毅，是种风格。
山，根植于苍茫大地，
托举着梦想，显示着巍峨。

别梦依稀在韶山，
少年十七出乡关。

广阔天地，尽可抒发壮志，
湘楚山河，畅写青春波澜。
为求真理，会当击水三千里，
这一去，从韶山一直走到嘉兴红船。

巍巍井冈山，险处不须看。
革命火种重点燃，搞政权关键在枪杆。
星火燎原冲霄汉，唤起工农千百万。
两万五千里来征战，遵义城头红旗赞。

延安宝塔山，春色别样红烂漫。
华夏文明，光批遐荒，
炎黄肇造，在此一方。
民族阵线，共话救国良策，
四万万众，齐心坚决抵抗。
日寇狂心终究化作尘土，
中华民族从苦难走向荣光。

西柏坡连绵群山，大决战蔚为壮观。
人民书写历史，历史属于人民。
这是人民用小车推出的胜利，
这是人民用肩膀扛起的江山。
与人民站在一起，身后就是千军万马，
与人民站到对面，最终只能是孤家寡人。

北京的金山上，光芒照四方。
这是最欢腾的时刻，
千百年来第一次当家做主，中国人昂首在世界的东方。
这是最团结的景象，
长城内外同一个梦想，举国上下红旗的海洋。
这是最动人的华章，
亿万尧舜开天地，人间正道是沧桑。

一个伟人站上的高度，
不仅仅是那个时代的高度。
这是民族的高度，历史的高度，
更是人民的高度！

兄弟

我可不可以
称你们兄弟
虽然我们
从没有相遇

透过史书
我看见你们
从地平线走来
向霞光中走去
脚步坚定
目光如炬

南昌城头晴空霹雳
井冈山下猎猎红旗
长征路上一路荆棘
平型关内敌寇成灰

三大决战所向披靡
上甘岭上战火纷飞
金门孤岛号声嘶裂
老山前线百战荣归

历史的车轮飞转
碾碎了多少

力拔千钧的身躯
又有多少含泪的战友
挺着流血的脊梁
再次撑起不屈的旗

或许
你没有名字
或许
你默默地远去
但苍山不会忘记
清风就是你的呼吸
大地不会忘记
鲜花簇拥着你的足迹

三山五岳
依旧巍然屹立
万里江河
岁岁浩然东去
如今
繁华而苍茫的大地
期待着一声呐喊
惊天动地

是什么精神
凝聚起排山倒海的伟力
是什么梦想

引着我们千万里地寻觅

今天
我听到了你们的呼喊
看到了你们骨骼的化石
在荒原里发热
铮铮握拳而奋臂

如果你们
仍可以说话
可不可以
称我们为兄弟

兄弟
我们的事业江山永继
中国的梦想正在前行
在这纷繁的时代
给我你高举的火把
让我们踏上你们的路
继续

归航

——纪念九七香港回归

清晨出海的船儿
在傍晚满载着收获靠港
曾经漂离祖国怀抱的游子
百年后
满载着沧桑与荣辱
即将归航
啊！香港——

香港，你是历史海洋中迷失归程的一艘航船
无奈地将锚固定在异国人统治的顽石之上
然而，你日夜想着归航
为此，你几度扬帆，穿越了百年的沧桑

中国人是最有智慧的
这艘船上的中国人也是一样
中国人足迹所到之处
便是繁华与希望
船上的中国人用他们的勤劳与智慧
把这艘船变成了一艘举世闻名的宝船

船仍在尽力归航
雷雨过了，风暴也过了
游子的心还是在海上漂泊

恨与哀愁早已在风浪中洗去了
剩下的只有思念

思念如潮水
每天晚上乘着月光
滚滚地向梦中的故土涌去
涌向东海,涌入长江,涌上世界屋脊——
思念就像奔马
在炎黄的土地上驰骋
马飞奔着
沐雨南国的雨,舞动关东的雪,听着塞北的风——
月光如水
照你归航
今夜
黄河仍然流进你那遥远的梦乡

故土上的人们也在思念你们啊!
明月如镜
照在苍茫的海上
故土上的人们仿佛在那明镜里
望见了你们归航的身影
祖国为你点起了归航的灯火
在北京,在长城,在九百六十万的每寸土地上
1994年12月19日
归航的灯塔在北京立起
海上的归船

正迎着这穿越万里长空的灯光
奋力归航！

归航！归航！
满载着希望，满载着梦想！
归航！归航！
穿越历史的重重风浪！
谁能阻挡中国的统一？
谁能阻挡华夏的兴旺？！
看吧
站在这艘船头上的
正是东方船王
米字旗即将落下
五星红旗就要在这艘宝船上
迎风飘扬！
啊！香港
这只航船经历了一切风险即将归航
港口在望
回归的钟声
胜利的礼炮
万众的欢呼
使得这艘船更加英武雄壮

啊！香港，你回来了！
一切言语都已显得无力
就让我们骄傲的歌声

和欢乐的泪水
伴着你那滚滚的香江水
一齐流淌，流淌——
啊！香港——归航！

书中的花瓣

——谨以此诗献给大唐王朝诞生 1400 周年

我捧起一本厚厚的书
仿佛捧起一块金砖
那沉甸甸的分量
可以把岁月压弯

于是
岁月变成一片薄薄的书签
一边是我
一边是遥远的唐汉

书上沾着灰尘
我轻轻地把它弹落
化作飘散在空中的倩影
在阳光下跳跃舒展

金色的颗粒
记载着时光的故事
那纷纷落下的
是贵妃抛洒的花瓣

征途

生命就是一条征途，不论你是贫是富，不论什么颜色皮肤，
从你降生的一刻，注定风雨同路；

命运就是一条征途，不论你信与不信，不论你服不服输，
当你翻过了一座险峰，仍有关山无数；

爱情就是一条征途，有千里之外的常相厮守，有风雨之后的朝朝暮暮，
可又几人能够，在合适的年龄找到合适的归宿；

生活就是一条征途，纵然是挥金如土，纵然是油盐酱醋，
酸甜苦辣咸的五味中，谁又在向谁倾诉；

行动就是一条征途，或许冰河塞川，或许花香铺路，
只有迈开第一步，罗盘才开启运数；

人生就是一条征途，有人得到太多，有人却失去全部，
无论成败得失，有梦的日子，我不会哭。

抱雪

纯洁的事物，往往很脆弱
纯洁的水滴为寒气所积，便成了雪
纯洁的心为哀愁所积，便成了一轮冷月

今夜飘雪
愁思也已凝结
愁人将一片愁绪寄于那轮月

月亮终于也累了
同愁人的心一样碎了
化作片片飞雪落到人间

片片月的碎屑
飘飘而落
如同满月的光铺满大地

银色的一片都是月的精魂
今夜立身于同样一片雪夜的人
是否也算是千里共婵娟呢？

我张开双臂
伸向飘然而落的片片飞雪
仿佛抱了满怀的月光

读你

我未曾读懂你的心
却读懂了你的眼神
那一回眸的灵动
宛如唤醒大地的春风

被你眼神点燃的梦
让我终日怦然心动
于是我抱一把琴
在你必经的路旁每日弹奏

琴声悠扬
那是我的梦
琴声忧伤
那是我的心

你若听懂
便是一生
你未听懂
便是一曲

你问我

你问我爱情在哪里
我说爱情就在我注视你的眼神里

你问我幸福在哪里
我说幸福就在一生一世的相约里

你问我感动在哪里
我说感动就在不离不弃的偎依里

你问我永恒在哪里
我说永恒就在无怨无悔的牵手里

海的期待

我的一滴泪飘落大海
瞬间即被浪花淹埋
我的心也随之荡漾
在无边无际中徘徊

岩石上镌刻着多少无奈
海水中溶解了多少岁月的悲哀
当你偶尔喝下一口海水
是否尝出了我一万年的期待

世界上原本只有陆地
本没有海
有情人的眼泪聚集起来
便成了海

铸把长剑给太阳

风儿吹过我的面庞
露水划过我的钢枪
天边的地平线上
探出第一缕晨光

阳光长剑一般
射向天空上方
温暖从四周涌起
一直暖到我心房

此刻我的母亲
应该还在梦乡
梦到身着军装的我
笑容在嘴边荡漾

大地睁开了睡眼
青松吐露着芬芳
妈妈您快看啊
儿子站得和青松一样

孩儿为祖国值勤
孩儿为人民站岗
手握钢枪心向党
铸把长剑给太阳

古体诗词二十首

明月歌

明月辉映百代人，人间自古几昆仑？
欲卷飞龙九天云，谁人共我挽乾坤。
三千烟雨古人风，八万雷霆壮志情。
一腔碧血滔如海，万古明月照我心。

杯酒吟

尽饮杏花酒，少年不识愁。
此生可如意，万水渡飞舟。
一帆风雨急，骄子御浪头。
哪管天雷鼓，风雨下江洲。

逝水行

长河落日西去，铁笛孤雁南游，
寒雨飘零几点秋。
红尘一笑，扬子江头，
千古往事尽东流。
英雄煮酒，谈笑说从头。
茫茫荒野三生苦，悠悠行云万里愁。

孤峰迎天耸，更显天下雄。
淫雨连三月，西子亦风流。
星汉比比漫天是，悲欢却只人间有，
如此何所求。
举杯对月歌作筹，待明宵，
皓月圆九州。

江山笑

年少莫纵酒，岁月如江河。
仰头观日月，放眼看云波。
弹指天地短，皓首感慨多。
悠悠一甲子，关山又几何。

有酒

有酒无肉不成餐，有肉无酒不成欢。
东坡烧肉杭州府，太白一醉在长安。

无题

洒汗成雨守空庐，泪尽黄尘入秃墓。
明朝倘若民无苦，今夕我愿化残烛。

岁草

孤篷远征杳如风，天涯路远恰相逢。
满腹旧情如岁草，望春破雪又重生。

听茗

春风秋雨本无情，花开叶落有谁听。
且将多少风波事，付与寻常一杯茗。

赠友人

去年别故里，今日幸逢君。
相识为兄弟，何必骨肉亲。
年年花如此，今朝酒更新。
回望人生路，幸得几知音。

怀李白

千古文章一诗人，梦笔生花思不群。
五岳寻仙展望眼，千金换酒话黄昏。
放鹿青山汝醉月，仗剑天涯我笑尘。
浮名权贵皆流水，别却长安望昆仑。

绝句

夏荷秀于外，秋莲实于中。
心似琉璃海，天若一莲蓬。

三月三日游橘子洲头

自古南国多圣迹，我辈登临复开颜。
揽月神思谁堪悟，移山壮志孰可全。
一望大江今有梦，十亿炎黄更无前。
巨人肩头望故园，湘楚大地又新天。

秋水木云天

一册书卷犹春梦，半部诗文尽秋声。
百世功过千秋泪，六朝青史万古城。
自从大地起红尘，多少岁月如飞轮。
对酒当歌三生短，何必怅惘叹黄昏。
秋云印水水连天，无边草木展舒颜。
且看王谢堂前柳，更喜秋风舞蹁跹。
青山横卧如金兽，大江平流似银龙。
丹桂飘香沁硕果，轻歌唱晚伴渔舟。
人生百载风和雨，草木一世春与秋。
万木枯荣山犹在，百川浊清水长流。
寂寞嫦娥倦寒琼，洒泪还作一河星。
纵使天宫千山玉，怎比人间一段情。
欲拔华山做长剑，一片相思却不见。
英雄无意问金鼎，秦淮灯桨白鹭烟。
巍巍钟山多峻峭，栖霞红叶迎霜傲。
莫问大地几沉浮，牛首佛骨叹今朝。
沧桑千古一片月，人生万代两重天。
激流勇进三千里，不枉今生八百年。

满江红　古田颂

廖氏宗祠，厅火暖，飞雪窗前。
风云聚，思重万钧，笔走千年。
思想建党入纲领，政治建军写雄篇。
肃旧习，看人民军队，展新颜。

军旗展，党旗艳，共辉映，意志坚。
抬眼望，大地托举苍天。
革命道路山水复，血脉相依永向前。
今从头，为强军梦想，谱新篇！

满江红　瞻仰雨花台烈士陵园

松柏苍翠，群雕立，细雨绵绵。
怀先烈，铭记历史，重温誓言。
十万忠魂昭日月，九州儿女尽轩辕。
洒热血，看星火燎原，换人间。

雨如花，风拂面，路在前，任在肩。
踏征途，看理想高于天。
民族解放图盛世，科学发展谱新篇。
为初心，看中华复兴，勇向前！

念奴娇　纪念抗战胜利

战车林林，飞鸟绝，苍茫大地呜咽。
炮声隆隆沙与血，一切宛如昨夜。
生命如烛，江山如铁，携手补天裂。
泱泱华夏，不畏艰苦卓绝。
任尔敌寇狂妄，我自岿然，遍地皆俊杰。
愿洒一腔轩辕血，踏破贺兰山缺。
英雄无名，看大地为墓，苍山立碑。
岁岁花开，壮士忠魂不灭。

念奴娇　致青春

大地为席，天为幕，苍山脚下读书。
几枝香梅绕寒树，十年青灯冷烛。
鸿雁北来，城头东顾，漫漫归乡路。
弹指一年，卷上几多分数。
清茶浓情淡酒，白驹轻跃，年华似朝露。
我问江山多情处，岂让光阴飞度。
青春儿女，看盛世中华，天翻地覆。
人生有梦，越过关山无数。

甲午祭

甲午风雷惊天吼，王朝落日泪与忧。
忠勇岂可担日月，道义无门又何求。
轩辕丰功高千古，东来气壮海天秋。
富国强兵硬道理，亿万炎黄须同仇。
壮士魂，今安在，
英雄泪，几时休。
男儿报国心如铁，不负我辈少年头！

沁园春　燕山怀古

冰河北上，朔风南下，万里银装。
看剑舞九天，漫天飞甲，
心缘大地，无尽苍茫。
多少英雄，此地放歌，雄心一片在西凉。
今有兴，于阵前催马，卷雪高岗。
遥想冉闵武悼，领五千悍勇战八荒。
吹刀问血痕，寥慰国殇，
绝地鹰飞，壮志激扬，
云边举酒，雪夜听香，
八百里炙犒天狼。
月茫茫，望崖山之后，日出东方！

定风波　芳华

梅子青青竹做马，
年少谁人不爱她。
自作清歌笑旧曲，
谁懂，
心思如雨颜如画。

晨起镜中鬓微霜，
不怕，
冷暖自知莫须夸。
历经多少浮沉事，
微笑，
洗尽铅华是芳华。

楹联十副

（此十副楹联收录在中国诗词楹联出版社出版的《中国对联作品集》）

旧联新对

钟鼓楼中终夜钟声撞不断；
剑门山间兼年剑光见无绝。
（注：上联为传统旧联；下联描述的是三国时期，魏蜀两国在剑门关一带连年交战的场景）

座右铭

善缘若水修心地；
禅根如松养性天。

纪念长征胜利八十周年

行程两万里，雄关漫道，浴火重生，红军壮举垂青史；
薪火八十年，沧海桑田，迎风高歌，中华傲骨贯长虹。

喜迎 G20 杭州峰会

沧海横流方显担当,二十国峰会展现中华模式;
云山高耸共筑梦想,三百个宏远描绘世界心声。

庆祝中国女排夺冠

汗水湿战衣,几番风雨几多岁月,征程万里心不悔;
信心齐云天,满腔热血满怀壮志,青春一搏梦成圆。

南京紫金山宿营

大地为席天为幕,一夜酣眠两鬓微露;
月色如酒柳如烟,五指清风双袖飘仙。

写于女儿百日

不开会不批文不待客不问事,难得闲暇,无官一身轻;
须熬夜须冲奶须烧饭须洗衣,虽则忙碌,有女万事足。

赞阜阳古城新貌

中原大地,文峰千古颍州梦;
西湖美景,奎星万里盛世春。
(注:阜阳,古称颍州府,人文荟萃,文峰塔、奎星阁为市内两处著名古迹,西湖为市区著名景点,苏轼当年曾将杭州西湖和颍州西湖并称,不分伯仲)

多彩古今

白塔街黄铁匠扯红炉烧黑炭冒青烟闪蓝光淬紫铁，坐北朝南左右开弓打东西；
花戏楼赤脸人罩棕袍束灰带握金刀提银枪顶粉缨，挥前斩后上下出招比高低。
（注：白塔街位于老北京；花戏楼亦称山陕会馆，位于安徽亳州）

纪念改革开放四十周年

四十载求索，历经冰霜雨雪，任尔东西南北风，重筑盛世辉日月；
五千年寻梦，穿越冬夏春秋，携我秦汉隋唐志，永兴大业定江山。